「手伝ってください！　お手伝いさんでしょ!?」
人気がある場所へたどり着く前に、
裾を引っ張られる。
さっきまで窓の外を見ていた涼やかな彼女と
同一人物とは思えない、必死な顔がそこにはあった。

JN035091

小鳥遊 祈
たかなし・いのり
神秘的かつ孤高にして学校随一の美少女……と、周囲から思われているコミュ障残念女子。今まで友達が一人も出来たことがないレベルの対人関係スキルだが、鏡夜の協力を得て友達作りに奔走することに。
家事能力皆無&ポンコツスペックなので、学校でも家でも鏡夜を頼りにしている。
鴨田詩織
かもだ・しおり
学校のアイドル的な存在である、親しみやすくて可愛らしいクラスメイト。鏡夜とは中学時代からの知り合いで、割と親しい友人関係を築いている。見た目によらずかなりの大食い。美容関係に並々ならぬ熱意を持っている。

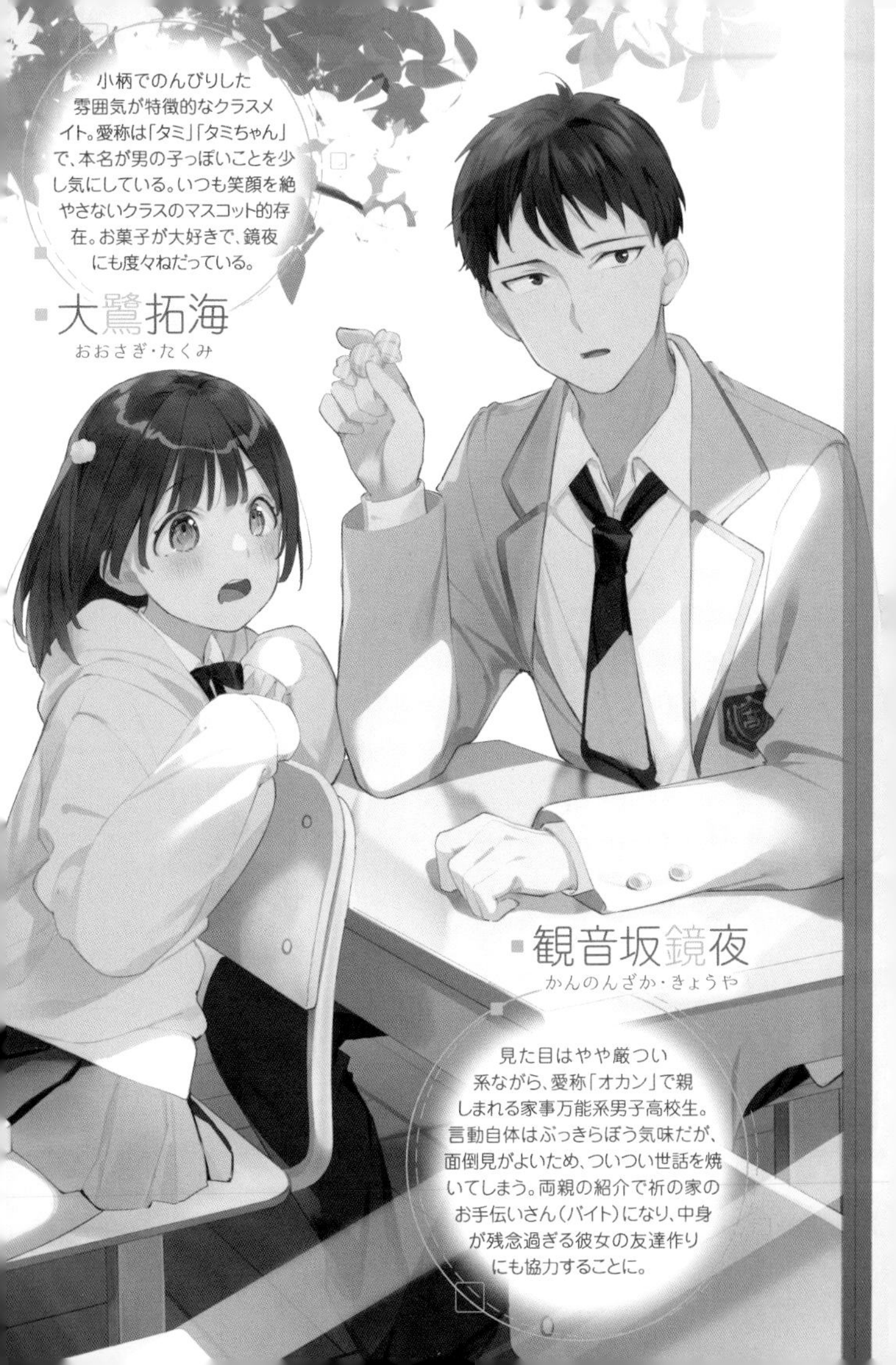
小柄でのんびりした雰囲気が特徴的なクラスメイト。愛称は「タミ」「タミちゃん」で、本名が男の子っぽいことを少し気にしている。いつも笑顔を絶やさないクラスのマスコット的存在。お菓子が大好きで、鏡夜にも度々ねだっている。
大鷺拓海
おおさぎ・たくみ
観音坂鏡夜
かんのんざか・きょうや
見た目はやや厳つい系ながら、愛称「オカン」で親しまれる家事万能系男子高校生。言動自体はぶっきらぼう気味だが、面倒見がよいため、ついつい世話を焼いてしまう。両親の紹介で祈の家のお手伝いさん（バイト）になり、中身が残念過ぎる彼女の友達作りにも協力することに。

……。
いい匂いがする。
肌なんてパジャマ越しにも
柔らかいし。
顔、整ってるし。
唇はぷるっとしていて……
色が白くて……。
「無防備過ぎだぞ、お前」
祈を抱き上げる。
意識のない人間ってのは、少し重い。
体重は軽い方だろうけど。

家事万能の俺が
孤高（？）の美少女を朝から夜まで
お世話することになった話

鼈甲飴雨

HJ文庫
964

口絵・本文イラスト　木なこ

mokuji

Kaji Bannou no Ore ga Kokou(?) no Bisyoujyo wo
Asa kara Yoru made O-Sewa suru Kotoni natta Hanashi

オカンという呼称《こしょう》に対し、思い入れがあるだろうか。

オカン。それは母親を主に指す言葉だ。大体が親しみを込《こ》めてそう呼んでいる。そういうものだとは思う。決して悪い意味ではない、とは理解している。

しかしそれは、度量の広く芯《しん》の通った肝《きも》っ玉《たま》な母ちゃんとかに使われる言葉であって、十六歳《さい》の子供が呼ばれるべきものではないはずだ。ましてや、性別の違《ちが》う男子高校生に使うべき言葉では、決してない。

だと、いうのに。

スマホの画面に表示されたメッセージアプリ――Fineをタップで開いてみる。

『オカン今日暇《ひま》？　どっか遊びに行かない？』

…………。

福岡の少し古い一軒家《いっけんや》で、俺《おれ》は暮らしていた。設備やらがややオンボロだけど、俺用の部屋まであるし、現環境に不満も文句もない。今も自分のベッドに寝《ね》ころんでメールを打っていたところだ。

俺こと十六歳男子高校生――観音坂鏡夜《かんのんざかきょうや》は、友人からのメールにげんなりしている。クラスでもオカンオカンオカンと。好意的なのはありがたいが呼び方はどうにかならんのか。観音坂からオカンに変化したのか、それとも行動由来なのかがイマイチ分からない。

「いや、怖《こわ》がられるよりはいいんだけどさ」

独《ひと》り言ちつつ、とりあえず返信。相手は大鷺拓海《おおさぎたくみ》。名前は男性的だが、本人は女の子。可愛《かわい》い部類だ。そう、俺をオカンと呼ぶのは、男女問わず。悲しい現実だった。

『オカン言うな。今日は特売行ってからボランティアだから無理』

『そっか、友より特売優先とはさすがオカン、抜《ぬ》け目《め》ない。また誘《さそ》うねー、お菓子《かし》の安売り教えてね』

『そういやルクスモールの駄菓子屋《だがしや》が駄菓子詰《つ》め放題三百円でやってたぞ』

『ルクスモールまで行ったら電車代の方が高くつくよー。でもありがと、オカン。愛してる。今度セール行ったらなにか分けてあげるね』

『だからオカン言うな』

『そういやなんでボランティア？　春休みなのに』

『色々あんだよ』

ボランティアは学校が主催《しゆさい》。こんな春休みなのにそれを潰《つぶ》してまで行くような奴《やつ》は少ないが、いなくはない。内申点《ないしんてん》は貰《もら》えないが、教師からの心証が良くなったり、怖いイメージが無くなったりするのが大事。特に後者。威圧的《いあつてき》な顔面を持っている俺は、こういうできるイメージアップなんかは参加をするようにしている。それを大っぴらに言うつもりはない。悲しくなるから。

スマホの電源をオフにすると、黒い画面に自分の凶悪《きょうあく》な顔面が映る。ああ、もう少しどうにかならんのか。この人相。母親曰《いわ》く顔自体は悪くないのだが、雰囲気《ふんいき》が威圧的なのだそうだ。

試《ため》しに、暗く顔を映す画面へ向け、笑《え》みを浮《う》かべてみる。うんうん、多少マシになったはずだ。この間、子供に怖がられ犬には吠《ほ》えられたが、きっと笑ってた方がいい。そうだよ、やっぱ笑顔《えがお》が一番だ。うん、でもこれ以上この人相を見たくないので、もう一度スマホの電源を入れる。時刻は昼の十時を回っていた。

「おっと」

特売に遅刻《ちこく》する。今日は白菜と豚肉《ぶたにく》が安いんだ、逃《のが》すわけにはいかない。

安く買い物を済ませる。うちみたいな貧乏《びんぼう》な家では欠かせない、家計節約のため俺でもできる努力だ。家事を手伝う身としては、外せないポイントでもある。

だから俺の趣味《しゅみ》は特売と言っても過言じゃなかった。食費が安く上がれば家族も喜んでくれるし、俺にも得が出る素敵《すてき》な趣味。しかし、この趣味もオカン呼ばわりされる一因であることが自分で分かっているだけに少しだけ物悲しい。その悲しみは趣味を手放すレベルではないし、そんな自分のことも割と嫌《きら》いじゃないが。顔面以外。

財布《さいふ》を確認《かくにん》。免許《めんきょ》を確認。原付の免許を見るとやっぱ嬉《うれ》しくなる。ちゃんとした免許はこれが初めてだから、何か自慢《じまん》したくなる。でも、ちょっとお近づきになりたくないオーラを放ってる写真は撮《と》りなおしたい。俺は写真写りもよくないのだ。

財布と免許をポケットに入れて自室を出る。そのままリビングを抜けていこうとすると、

「鏡夜」

そう呼び止められた。キッチンにいた母さんがこちらへ顔を見せる。

「ボランティアは今日で終わりよね?」

「母さんか。ああ、うん。終わりだぞ」

「帰ってきたら話あるから」

「? ……わかった」

何だろう。今言えばいいと思うんだが……まぁ腰《こし》を据《す》えるような、大事な話なんだろう。高校二年生になるから、進路の話かな。一応、俺は進学を志しているが、まだどこの大学を受験するのかすらも決まっていない。受験戦争をおっぱじめる輩《やから》は既《すで》に準備をしている段階らしいが。そう思うと危機感を覚えたりもするが、多分三日もすれば忘れるくらいには俺は呑気《のんき》だった。

何にせよ、そろそろバイトとかしたいな。将来、色々と物入りだろうし。資格だの免許

だの、色々取るにも、普通《ふつう》に遊ぶにも、進学するにも、お金って必要だろうから。

それらを賄《まかな》ってくれている両親には、頭が上がらない。人を一人育てるのって、物凄《ものすご》く大変だろうし。だから、なるたけ親孝行もしていかないとな。

小遣《こづか》いくらいは自分で稼《かせ》いで、両親の結《けっ》婚《こん》記念日とか誕生日にプレゼントを渡《わた》せるような。そんな息子になりたい。ついでに自分専用の原付とか買えれば、文句のつけようがない。

「じゃ、行ってきます」

そんなことを考えながら、俺は父親の原付でスーパーに向かうのだった。

一話■鏡夜と祈とボッチなハート

「バイトを紹介《しょうかい》したいんだけど」

夕飯が配膳《はいぜん》されたテーブルを挟《はさ》んで向かい側に座《すわ》る母さんが言ってきたのは、そんな言葉だった。

特売とボランティアをこなし、夕飯の支度《したく》も少し手伝った俺は、母さんの言葉を反芻《はんすう》する。

バイト。バイトねぇ。

確かにバイトはしたいと思っていたが、今まで面接で怖がられた挙句、ことごとく不採用になった過去を持つ俺だ。いきなり話を振《ふ》られてもイマイチピンとこない。そんな俺に対して、いつものようにニコニコしながら、母さんは言葉を重ねた。

「そう、アルバイトしない？」

「バイト……つったってだな、どんなバイト？」

「これ」

言われ、母さんの指が示した方向——食卓《しょくたく》を眺《なが》める。

ポテトサラダに筑前煮《ちくぜんに》、それから鮭《さけ》の塩麴《しおこうじ》焼きともち麦と米を半分ずつ混ぜた麦飯。味噌汁《みそしる》には人参《にんじん》と油揚《あぶらあ》げにわかめ、それから朝食で余っていたほうれん草も入れていた。

健康的な和食。これらは一部、俺が作ったものだ。並の主婦くらいの実力はあると言える。

それを提供する？　ということは……。

「飲食店か何かなのか？」

お祈りの電話が想起されて少しげんなりする中、母さんの言葉は予想を裏切っていた。

「家政夫さん」

「か、家政夫⁉」

裏切っていたどころか、斜《なな》め上だ。

オカンといい家政夫といい。こんなごつめの野郎《やろう》に何言ってんだ。

俺の反応を見て、けらけらと笑う母さん。すごく楽しそうなのがすごくムカつく。

「お手伝いさんね。今時男のお手伝いさんも珍《めずら》しくないわよ？　最近ドラマでもあったじゃない！」

「いや、俺あんまドラマみねーし知らんがな」

「まぁ、それはそれとして。家事手伝いが欲《ほ》しいみたいなの。んで、あんたを推薦《すいせん》しちゃった」

「しちゃったっておいおい。俺がやるかどうかも分かんないのにそりゃありか？」

「だってあんたは家事全般《ぜんぱん》得意でしょ。能力的に問題があるようには思わないけど？」

確かに、仕事内容には問題ない。家事のスキルなら多少覚えがあった。

家を空けがちな両親に代わって、今の家を大体切り盛りしているのは俺だ。専業主婦、とまではいかなくとも、人並み以上にこなせる自信がある。だからこそ、それが趣味になったのだが。

「割りは良いわよー！　二日に一回、その家に行って家事をすれば、月に十五万円だって！」

「いっ⁉」

何だその額は。バイトに払《はら》う金額とは思えない。本気か？　本気なのか？

相も変わらずニコニコと笑っている母さんが何だか不気味に見えた。

「なんだそれ、闇《やみ》バイトか何かか……？　母さん騙《だま》されてないか？」

「雇い主は私とお父さんの親友夫婦《ふうふ》なの。海外出張が急に決まって、娘《むすめ》さんは海外に行くの嫌《いや》がったんだって。だから、マンションに一人暮らし。でも、その子、あんまり家事が得意じゃないみたいでね。じゃあ、私の息子《むすこ》を行かせましょうってなったわけなの」

　そういうことか。親友と言うくらいなんだ、この家の家事を十歳からやり始めた俺のことは話してあるんだろうし、知ってるからこそ、この話をしたんだろう。

　にしたって、どういう家庭なんだろうか。十五万円を高校生にポンと渡すって。怖くね？

俺は飛びつきたい気持ち三十パーセント、警戒心《けいかいしん》七十パーセントの割合で、とりあえず話を聞くことにした。

「母さんと父さんの親友？　誰《だれ》？　鶯谷《うぐいすだに》さん？　あの人娘いたの？」

「違う人よ。あんたもその人達《たち》の顔は知ってるだろうけど、覚えてる？　小鳥遊《たかなし》さん。娘さんとは会ったことないはずよ」

「ふーん。小鳥遊さん……小鳥遊さん……？」

　ダメだ、出てこない。小鳥遊と言われて思い浮かぶ知り合いの顔はなかった。小鳥遊という苗字《みょうじ》に心当たりがないわけではないけど、まぁ関係ないだろうと思う。

　母さんが言うように、その娘さんとは多分初対面なんだろうし、そこだけ意識しておけば失礼な事はやらかさないだろう。問題は娘さんが十中八九俺を怖がるだろうということだが……まぁ、慣れてもらうしかない。

何やら楽しそうに携帯《けいたい》電話を弄《いじ》りだす母さん。

「じゃ、明日から行くでしょ？　連絡《れんらく》しておくわ」

「あ、ああ。場所は？」

「メールしておくわね」

お膳《ぜん》立《だ》てが整っている。こりゃマジで行かせる気だったな、この人。

さっそくスマホに通知。母さんだ。書かれてある住所は——近い。って知ってるぞ、ここ高級マンションじゃん、すぐ近くの。

なるほどな、高校生に十五万も払えるのはそれだけの金持ちってわけか。にしたって、その女の子ってどういう子だろう。お嬢様《じょうさま》なのか？　お嬢様って言われると、金髪《きんぱつ》縦ロールの高飛車……か、物静かで穏《おだ》やかな深窓の令嬢《れいじょう》っぽい黒髪《くろかみ》の美少女を思い浮かべるのだが、俺の陳腐《ちんぷ》な想像が当たるはずもないので、無駄《むだ》な行いだろうし妄想《もうそう》を即《そく》ゴミ箱へ。

俺の想像はともかく、あそこらへんはお上品な奴が住んでそうだし、失礼がないように……というか、ビビらせないようにしなきゃ。俺はただでさえ、あんまり口が良くないし、顔も怖いので……フレンドリーな感じを意識していこう。

そう心に決めて、俺は夕飯を食べにかかった。

翌日の昼。春休み最後の日。麗《うら》らかな晴天に恵《めぐ》まれた。俺の家がある住宅街の近くには河川敷《かせんしき》があって、そこを通ってくる風はひんやりとしているが、清々《すがすが》しくもあった。その空気を胸いっぱいに吸《す》い込んで、深呼吸。

バイト初日だ。普通に訪ねれば良いらしいが……。とりあえず、いつも使っている掃除《そうじ》用具を引《ひ》っ提《さ》げて、相手方のマンションのエントランスを潜《くぐ》る。

部屋番号を入力し、呼び出しボタンをプッシュ。

「……」

出てこない。留守なのかな、いやでも、この時間でいいって母さんがメールしてたしと思ったら、ガチャリと音がした。見れば応答ボタンが消えている。まさかのワン切り。

「お、おい⁉」

すると、エントランスとマンション内を繋《つな》ぐ自動ドアがひとりでに開いた。ええ……入れってこと？　入っていいの？　ろくに俺を確認していなかったのに。

危機意識の低さについても物申したくなってきたな。色々警戒《けいかい》してほしい。俺が悪人だったらどうするつもりなんだ、本当に。いや、俺は悪人じゃないけど。

とりあえず入ることにした。五〇二号室へエレベーターを使い、同じ番号が書かれた、『小鳥遊』という表札の扉《とびら》の前にやってくる。

そこで、改めてインターホンを押《お》した。

ぱたぱたと誰かが近づいてくる音がする。

そしてチェーンが掛《か》かったまま、微妙《びみょう》に扉が開いた。

扉の隙間《すきま》からこちらを覗《のぞ》いたのは、灰色のスウェット姿でも目を奪《うば》われるほどの圧倒的《あっとうてき》美少女だった。目が合うと、彼女《かのじょ》の目が驚《おどろ》きとおそらく恐怖《きょうふ》で見開かれる。明らかに怯《おび》えられて若干《じゃっかん》へこむが、それ以前に俺は彼女の顔にとても見覚えがあった。

「あ、小鳥遊さんって……ひょっとして、君か？」

母親から小鳥遊という名前を聞いて最初に連想して、すぐに可能性から消してたんだけど。……まさか当たってたとは。

——小鳥遊祈《いのり》。

同じ学校に通う女の子。あまり喋《しゃべ》らなくて、そのくせクラスでも存在感があり、孤高《ここう》——。そんなイメージの美少女だ。一年の時は同じクラスだったけど、関わりがなかったのでほとんど喋らなかった。こまめに挨拶《あいさつ》はしたんだが、どうにもその後の反応が記憶《きおく》にない。まぁ、それなのに見た目と名前は一致《いっち》できるレベルで印象は強い子である。

長いまっすぐな髪《かみ》。背丈《せたけ》は小柄《こがら》だけど、大きな胸。顔立ちは可愛いのにどこか神秘的で。

そしてとりわけ目立つのが、肌《はだ》の綺麗《きれい》さだ。遠くで見ても陶磁器《とうじき》のような肌は、近くで見ると、よりきめ細かく、白く、すべすべしてそうだった。正直、そこいらのアイドルよりも抜群《ばつぐん》に可愛いと思う。そういうレベルで、次元が違うとも呼べる存在だろう。

改めてそんな風に考えていた俺に、おどおどしながら、彼女はぼそぼそと言葉を紡《つむ》ぐ。

「あ、あ、あの……ふ、不良で、噂《うわさ》の……か、観音坂《かんのんざか》、君……？」

「ああ、俺か。俺は同じ学校の――」

「お、おお、同じ、学校のよしみで……か、カツアゲ……!?」

「よしみの使い方が致命的《ちめいてき》なまでにおかしいだろ。どうしてそうなる」

「じゃ、じゃあ、もしかして……パン、買って来いよ的な……？」

「なんでわざわざ高級マンションのめんどくさいセキュリティの家のやつパシろうと思うんだよ……」

後、どうでもいいけど俺はおにぎりの方が好きだぞ。

この子、やはりというか俺を怖がっている。露骨《ろこつ》な怯え方に少し挫《くじ》けそうにもなったりしたが、頑張《がんば》るって決めたじゃないか、アルバイト。元気を出せ、俺。

小鳥遊さんはまだ何か言いたそうだったが、キリがなさそうなので俺から切り出そう。

「俺は、家事代行をしに来たんだよ。お手伝いさんってやつだな。両親から聞いてないか？」

「お手伝いさん……」

小鳥遊さんはその言葉を噛《か》み砕《くだ》き、渋面《じゅうめん》を浮かべている。渋い、というよりは、よく分からない、といった様子だったが。

「普通、そういうのおばちゃんが来るんじゃないの？」

「それは君の両親に聞け。俺は単に、紹介されたからバイトで来ただけだ。でも、君は拒《きょ》否《ひ》する権利もあると思う」

「……」

少しの沈黙《ちんもく》の後、小鳥遊さんはチェーンロックを外し、扉を開けて手招いてくる。あがっていいらしい。どうやら腕前《うでまえ》の披露《ひろう》はさせてくれそうだが。

「お邪魔《じゃま》しまーす」

一応そう言いつつ、靴《くつ》を揃《そろ》えて上がり込んだ。何気に女子の家に初めて上がる。

ちょっとドキドキしながら廊下《ろうか》を進み、リビングを見て、俺は思わず片手で頭を押さえる。

こう、女子の家と言うと、小綺麗《こぎれい》で、なんかいい匂《にお》いがして、アロマキャンドルやらインテリアっぽい加湿器《かしつき》みたいなのとかそういったものが置かれ、整理《せいり》整頓《せいとん》され、掃除が行き届いている状態を想像していた。

ぶっちゃけて言おう。

この部屋は俺の家のリビングより広いくせして、あちこちにものが散らばり、ひどい有様だった。ちょっとハードルが高かったかもしれない俺の妄想が破壊《はかい》されるような光景であることは間違《まちが》いない。

婉曲《えんきょく》に言えば、実に掃除のやりがいがありそうな部屋だなあという印象。衣類やらはそこらへんに脱《ぬ》ぎっぱなしで、流し台を見ると食器が溜《た》まっている。一人暮らしをして日が浅いのか、致命的なとまではいかないものの、汚部屋《おべや》であることは疑いようもない。

リビングでこれだ。風呂場《ふろば》とか、もう考えるのをやめたいレベルで行きたくない。

「え、えっと……ひ、人が来るって言うから、ちょっと、か、片付けて……」

「これで片付いてんのか……？」

志が低すぎるだろ。

まぁ、家事が苦手だからこそ俺みたいなお手伝いさんが必要な訳か。そうと分かれば俺も仕事をするまでだ。まずは目の前のことからやってしまおう。

室内干しは臭《にお》うので、まずは勤務時間ギリギリに間に合いそうな洗濯《せんたく》からやっつけてしまおう。風呂場手前の脱衣《だつい》スペースに行くと、丁度いいカゴがあったので、洗濯物《せんたくもの》はこれに入れていく。

お洒落着《しゃれぎ》はそう多い方ではない。脱ぎ散らかされた衣服を次々と回収していく。えっと……ん？　これは……。

「わぁぁ!?　わーっ、わぁぁぁぁぁぁっ!?」

下着だった。真っ赤な顔をした小鳥遊さんに奪い取られる。

「み、みみ、見ないで！」

「ドやかましいわ。洗濯するんだよ、寄こせ」

同級生からパンツを奪い返す。ここだけ切り取るとすげぇ事してるけど、もうそういう次元じゃない。部屋の惨状《さんじょう》を目《ま》の当たりにしてから、俺の中で何かスイッチが入ったらしい。少々恥《は》ずかしい気持ちもなくはないが、美少女のパンツごときで騒《さわ》いではいられない。それよりも今はこの腐《くさ》った状況《じょうきょう》を一刻も早く片付けたくてしょうがない。その一心だ。

「そこらへんに脱ぎ散らかさず、これからは脱いだらちゃんとこのカゴに入れろ。分かったな？」

必死で頷《うなず》く涙目《なみだめ》な小鳥遊。よしよし、それでいい。

真っ赤な小鳥遊が見ている中、バスタオルやらブラジャーやらをホイホイとカゴの中に突《つ》っ込んでいく。

「ぶ、ブラまで……！」

「ワイヤー入ってんな……この家ネットとかあんのか……?」

ブラジャーは小鳥遊の胸が大きい分、サイズもデカい。ここで想像力を働かせると大変なことになるので、俺は出来る限りの理性を動員して無心で作業を続けた。それでも心臓はいつもと違って早鐘《はやがね》を打っているが。

掃除は続くよどこまでも。お金のためならえんやこら。それ以上に、この部屋の惨状を見て、俺のハートに火をつけてしまったのが最後。徹底的《てっていてき》にやらせてもらう。

「わぁ……!」

小鳥遊さんは部屋が綺麗になるのをぼんやりと眺めていた。正直、手伝われてもどう動くか分からん奴は邪魔だし、それでいい。

ベランダには洗濯物が並び、リビングは床《ゆか》が見える状態に。床は掃除機《そうじき》と、俺が持ち込んだウェットクリーナーとワックスの三連コンボを決めて、シンクを磨《みが》き、風呂《ふろ》を洗い――。

そんなことをしていたら、すっかり夕方になっていた。

陽が沈《しず》み、寒さがぶり返す中、ベランダから洗濯物を取り込み、畳《たた》んでいく。ちょっとお洒落な衣類にはアイロンをかけておく。この家、アイロン台とかあったんだな。

ザッと綺麗になったリビングを小鳥遊さんは嬉しそうにぺたぺたと歩いていた。そういや裸足《はだし》だな。スウェットといい、家では楽にしたい派らしい。

「凄《すご》い……！　メッチャ綺麗……！」

「そりゃどーも」

称賛《しょうさん》の声を貰うが、これくらいは仕事を受けるにあたって当然のことだ。にしてもメッチャって。小鳥遊さんもこういう言葉使うんだな。

――くるきゅううぅぅぅ……。

何とも情けない腹の虫が鳴いていた。俺ではない。小鳥遊さんだ。顔を赤くして、お腹《なか》を押さえている。その行動にあまり意味はないが、ついお腹に手を当ててしまう気持ちは何となくわかる。恥ずかしいから咄嗟《とっさ》に押さえてしまうのはあるあるだ。

「夕飯にするか」

「う、うん」

とりあえず、冷蔵庫を見るか。

大きな冷蔵庫の上段を開けると、冷やしてあるジュースが数個。それ以外は何もない。冷凍室《れいとうしつ》には、みっちり冷凍食品が詰《つ》まっていた。おおう。マジか、これ。よく見れば調味料やら顆粒出汁《かりゅうだし》とか、そういうアイテムがない。何故《なぜ》か調理器具だけは揃ってたけど、なんでまた。

「メシは冷凍ばっかか？」

「う、うん。それか外食。ダメなの？」

「たまにならいいが、毎日は感心しないな。あんまりそればっかだと栄養が偏《かたよ》るだろ。外食も、どうせ好きな店ばっか行ってるんだろ？　俺達《おれたち》は成長期なんだぞ。栄養とらなくてどうする」

仕方がない、買ってくるか。さすがに調理のスキルを持つ俺でも、食材がなければどうしようもない。幸い、器具などはないどころか充実《じゅうじつ》している。このオーブンレンジなんて最新型だ。羨《うらや》ましい。スチームグリル機能搭載《とうさい》で魚とか肉とかもジューシーに焼けそうだし、ああくそ、欲しいなあ。すげえ便利そうだなぁこれ。いいなあ。

まぁこれを使うにしても、まずは材料だ。

「俺材料買ってくるから」

「あ、はい、これ。お手伝いさんに渡すように言われてたの」

「あん？」

……あ、合鍵《あいかぎ》!?　特に親しくもないやつに渡すようなもんじゃないぞマジで！　両親はともかく、小鳥遊さんは俺のことを知らないんだし、セキュリティの意識が低すぎる。

「あのなあ、小鳥遊さん。特に親しくもない相手に気軽に合鍵渡したりするなよ！　危機意識足りんぞ、俺が野獣《やじゅう》だったらどうする！」

「え、野獣なの？」

「違う、紳士《しんし》だ」

「なら、いいじゃない。……だって、家事をしに来てくれたんでしょ……？」

それはそうかもだが。こちらもその方がとてもありがたいんだけども。何となく納得《なっとく》がいかない。危ない事には変わりないんだし。

「あ！　お前エントランスの扉開ける時、ワン切りしやがったろ！　それもダメだからな、ちゃんと確認してだな……！」

「それは……うん。ごめん。今度からは、ちゃんと確認するように、するから」

めちゃくちゃ素直《すなお》に謝《あやま》られて、逆に驚く。

この家に来てからまだ数時間、小鳥遊は俺に対してまだおっかなびっくりという感じだ。でもこれは、何となくだけど、怖がっている……感じではないんだよな。それは分かる。

彼女が抱《いだ》いているのは……緊張《きんちょう》？　なのかも。どことなく、声が震《ふる》えてるし。唇《くちびる》もきゅっと固く結ばれている。恐怖心《きょうふしん》こそないが、どう接したらいいのかがよく分からない、という風に、俺には見えていた。

「まぁ、分かったよ。気を付けてくれ、頼《たの》むから」

言いながら鍵《かぎ》を受け取り、外に出る。寒いな……でも時間的に原付で行った方が早そうだ。とりあえず自宅へ向かうため、俺はエレベーターに乗るのだった。

途中《とちゅう》で父親の原付を借りて、様々な食材やら調味料を買って来た。買い込んだ荷物を背負い、一瞬《いっしゅん》使うか迷ったが、渡されたばかりの小鳥遊家の鍵を使う。

物理的には軽いが精神的には重いそれの感触《かんしょく》に微妙な気分になりながらも、俺は仕事と割り切って玄関《げんかん》を開けた。

「……ただいま」

ふいに、家からは暖気が流《なが》れ込んできていた。暖房《だんぼう》を入れてくれたんだろう。廊下にも暖かい風が来ている。

「お、おかえり。て、手伝う?」

「大丈夫《だいじょうぶ》だ」

「手伝わせて」

俺の手から、乾燥《かんそう》パスタやらトマト缶《かん》が入った重い荷物を小鳥遊さんが取る。意外にも力はあるらしく、苦も無く運んでいった。ちょっと、触《ふ》れた手が柔《やわ》らかくてドキッとしたけど……俺だけみたいだ。

小鳥遊さんが見守る中、俺は夕飯を作りにかかった。

とはいえ時間も、もう七時を回っているし、ここは手早く出来るパスタが無難だろう。

大きな鍋《なべ》に水を張り、塩とオリーブオイルを適当に落とす。

沸騰《ふっとう》させている間に、具材を。徳用ウィンナーを斜めにカット、玉ねぎをくし切りに、人参を薄《うす》い短冊《たんざく》切りに。オリーブオイルに塩コショウ、玉ねぎ、人参、ウィンナーをフライパンに入れて、玉ねぎが透《す》き通るまで炒《いた》めていく。

俺はニンニクを入れるのが好きだけど、彼女は好きかどうか分からないし有無はどちらでもいいので入れなかった。

そして、ケチャップを炒めて、酸味を飛ばす。ごく少量の濃《こ》い口醤油《くちしょうゆ》、ウスターソース、削《けず》ったコンソメキューブを隠《かく》し味《あじ》に加えて、茹《ゆ》で上がったパスタと絡《から》めれば。

あっという間にナポリタンが完成した。予算の関係でピーマンとマッシュルームが入ってないのは惜《お》しいが、手は抜いてないので良しとするか。

余ったコンソメキューブと玉ねぎで作ったコンソメスープもいい具合だ。玉ねぎがくたくたになるまで煮《に》て、塩で味を調《ととの》える。コショウが決め手だが、あんまり入れると辛《から》くなるので一振《ひとふ》りか二振りが適量だろう。

並べたそれを、じぃ、っとみている小鳥遊さん。訝《いぶか》しむ、というよりは、少し遠慮気味というか。躊躇《ためら》っているのは伝わる。

「どうした」

「男子高校生の手料理……何か、ハードル高い」

「捨てるぞこの野郎」

「た、食べる、食べるから！」

いただきます、と意外に礼儀《れいぎ》正《ただ》しく手を合わせた後、フォークで巻き取り、小鳥遊さんはそれを口に運ぶ。

美味《うま》いか、と聞く前に、二口目を巻いていた。気持ちのいい食べっぷりで、皿を空にしていく。聞くまでもない、という具合に、幸せそうな顔をして食べていた。そういう食べ方をされると、作った側も気持ちがいい。

「ぷっは。ごちそうさまでした！」

満足そうな小鳥遊は、俺を笑顔で眺めている。今までの少し怯えた表情とも、緊張していた表情とも、それは違っているように見える。こちらに対しての好奇心《こうきしん》が見て取れた。

「料理も上手にできるんだ！　男の子なのに何で？」

「いや、男女関係ないから。これ基本的なスキルだから」

家庭科の実習とか家事を手伝っていれば、大体こんなふうになるはずなのだが。俺もそれ以外では習ったことがない。後は朝の番組の家事お役立ち知識みたいなのを録画したりしてる以外は特に努力もしていない。

それでも、小鳥遊さんはキラキラとした眼差《まなざ》しをこちらに向けてきた。

「器用なのね！」

「ほどほどにな」

「よかったー！　私、家事できないからホントに安心したわ。これが毎日食べられるんだから、お手伝いさん万歳《ばんざい》ね！」

毎日？　いや、聞いていた話と違う。てか、思ってたよりも喋るんだな小鳥遊さん。しかも無駄に元気だ。腹が膨《ふく》れたからか？

「いや、毎日とは言われてないんだが」

「ええ⁉　毎日来てくれないの⁉」

何故だか愕然《がくぜん》としたリアクションをする小鳥遊さん。何か、あんまり表情を変える子ではないと思ってたんだけど。若干、俺の中の大人しい小鳥遊像にひびが入る。

「お前、話がいってるはずだろ。バイトは二日に一回なんだ」

「えええええ⁉　じゃあ来てくれない日はどうすんのよ⁉　ヤバいじゃない！　何も食べないで過ごせって言うの⁉　酷過《ひどす》ぎじゃない⁉」

「いやそもそも自分で料理しろよ⁉　てか薄々勘《うすうすかん》づいてたけどお前そんなキャラだったのか⁉　学校とノリが違いすぎだろ‼」

　このふざけたやりとりをもって、俺の中にあった小鳥遊さんのイメージが完全に崩壊《ほうかい》した。

　今目の前にいるのは、物静かで清楚《せいそ》で神秘的な孤高の美少女でも何でもなく。飯の心配から涙目になってこちらの服の裾《すそ》を掴《つか》んでくる、無駄にテンションの高いちょっと残念な女の子だった。小鳥遊さんはそのままま くし立ててくる。

「キャラって何！　私猫被《ねこかぶ》ったりとかしてないし！　よくわかんないけど、これが素なの！」

　ハンマーでぶん殴《なぐ》られたような衝撃《しょうげき》を受けつつ、意味をゆっくり噛み締《し》めていく。そうか、これが彼女の素なのか。教室の彼女との乖離《かいり》がエグくて今一つ現状を受け入れきれてない。こんな奴だったのか、小鳥遊さん。何かショックだ……。いや、喋ってどんな人間か理解もしてないのに勝手にレッテルを貼《は》っていたこちらが悪いんだけど、にしたってショックだ。

「マジかよ……。お前クールキャラで売ってたじゃんか」

「そんなことしてないもん！　話しかけられたら、その、どうやって返せばいいのかわかんなくて。何話そうかって迷ってたら、気付けば、その、話してた子が、どっか行っちゃうのよ！」

……コミュ障、なんだろうか。今の話を整理するとそうなる。

ちゃんとコミュニケーションを取ろうとしてるし。今こうやって、話ができている……ように感じるのだが。教室内でのイメージがぼんやりしてて思い出せない。

それはさておき、現状会話ができている理由でも訊《き》いてみるか。

「俺《おれ》とはちゃんと話せてるじゃん。何でだ?」

「な、なんか、下着とか見られた挙句に洗濯されたショックで、緊張しなくなってる……後、なんか最初は怖かったんだけど、ご飯楽しそうに作ってるの見たら、怖くないんだなって。ご飯美味《おい》しかったし」

「そ、そうか」

それは良かったのだろうか。いや、緊張されるより億万倍マシだろうし。仕事中怯えられても敵《かな》わんし、こうやって言い合えるのならベストな距離《きょり》感なのではないか。プラスに考えていけ、プラスに。

にしても、ご飯を楽しそうに作ってた、か。楽しそうな自分の姿というのは想像できない。今度教えてもらおう。

とか考えていると、必死の形相で揺《ゆ》すられる。

「それよりもご飯！　どうすればいいのよ！」

そんなこと言われても。契約《けいやく》に入ってないんだからしょうがない。

「外食か冷食で賄えばいいんじゃね……ってうお!?」

なんか縋《すが》り付いてきてるし。泣きが入ってるし。

「私のご飯の面倒《めんどう》見てよぉ！　もう冷凍食品は嫌なの！　なんか解凍《かいとう》時間間違えると冷たいしあったため過ぎたら逆に熱くて食べられないの、そういうアンニュイな部分わかってくれる!?」

「いや知らんし」

「冷たくない!?　ねえ冷たくない!?　この間解凍失敗したハンバーグの中心よりも冷たいんだけど!?」

「や、やめろ小鳥遊さん。俺の中の神秘的なイメージをこれ以上粉微塵《こなみじん》にしないでくれ」

「その、取ってつけたようなさん付けもやめて。小鳥遊でいいわ。後、勝手にイメージしないで！　私は、これが素なの！」

「お、おう。分かったよ、小鳥遊。イメージも止めるから、こら、顔が近い……！」

こいつ意識してるのかしてないのかは分からないが、詰め寄る時に顔も近づけてくるから何となく気恥《きは》ずかしい。顔を背《そむ》けつつ、距離を取った。何かいい匂いがした気がするし。

顔は文句なしにめちゃくちゃ可愛《かわい》いし。心臓に悪い。

と、絶妙《ぜつみょう》なタイミングでスマホが鳴る。なんだ、知らない番号だが。怪《あや》しいとは思ったものの、電話番号は非通知でもないし。とりあえずつなげてみる。

「はい、観音坂です」

『あ、鏡夜君かな？　小鳥遊裕也《ひろや》と申します。祈の父です』

……なんで娘ではなく、俺に掛けてくるんだ……。いや、初日はどう？　的な話なのか。

そこらへんの意図は分からないが、とりあえず、小鳥遊にスマホを差し出す。

「小鳥遊、お父さんからだってさ」

「え？　パパ？」

『いや、二人と話したいんだ。スピーカーモードにしてくれるかな？』

言われた通りに操作し、テーブルの上にスマホを置く。

『鏡夜君、まず謝りたい。すまないね、この度はうちの娘のためにご迷惑《めいわく》を……』

「い、いえ。気になさらないでください。俺も、バイトできて嬉《うれ》しいですし」

『そう言って貰《もら》えると助かるが、実際のところは……？』

「あー……正直、このまま放置してたらマズかったとは思います。掃除も洗濯も料理も、娘さんは苦手なようですから」

『……やっぱりそうなのか。いや、本当にすまないね……』

「こちらこそ……なんだかすいません」

恐縮《きょうしゅく》した態度に対し、俺もつられて頭を下げていた。いやこれはもう何というか、日本人の癖《くせ》ではなかろうか。

「ぷぷー！　あんた電話に頭下げてどうすんのよ！　……っぴぇ⁉」

とりあえず小鳥遊を睨《にら》んで黙《だま》らせる。普通《ふつう》にめっちゃ怯えられた。まあいいや。

『本当にうちの娘は家事全般ダメで、あんまり、成績もね？　うん。だから、気にかけてやってほしいんだ。あ！　あれならお婿《むこ》に来ちゃう？　いや、むしろ貰って！　鏡夜君みたいにしっかりした子ならもうあげちゃう！』

いや、そんな新聞屋の洗剤《せんざい》感覚で嫁《よめ》なんか貰いたくねえ。ちゃんとした恋愛婚《れんあいこん》がいいんだが、今のところそんな相手がいないのが悲しいところだ。

ムスッとした様子の小鳥遊は頬《ほお》を膨らませる。怒《おこ》ってても顔が抜群に可愛い。すげぇな。

「パパ！　私を不良債権《さいけん》みたいに言わないで！」

『おお、祈！　いつの間にそんな難しい言葉を覚えたんだい⁉　偉《えら》いぞー！　凄いぞー！　さすが僕《ぼく》の娘だ！』

「えへへ」

照れる小鳥遊……頭がいてえ。

小鳥遊家はどうやら褒《ほ》めて伸《の》ばすシステムらしいが、おかげで成績も危機意識も低いお子さんが誕生してるんだけど。ちょっと父親的にも危機意識を持ってほしい。

俺が小鳥遊家の将来に不安を抱いていると、スピーカーから申し訳なさそうな声が再び響《ひび》く。

『その、二日に一回とは言ったけど、祈が自炊《じすい》する前提なんだよね。冷蔵庫の中、どうなってる？』

「ジュースと冷食しかなかったんで買い足しました」

『いやもうホントごめんね、鏡夜君。食費も君の給料に入れておくよ。朝食と夕食くらいはその、できる限り面倒を見てくれると……。余った食費はそのまま手当てにしてくれていいから。ね？　ね？』

その言葉に、俺はちらりと小鳥遊へ目を向ける。小鳥遊のほうも俺を見ていたので必然的に目が合った。おい、やめろ。そんな捨てられた子犬みたいな目をするな。あざといな畜生《ちくしょう》。

「…………分かりました。じゃあ、朝食と夕食は可能な限り毎日作りに来ます。ただ、食費だけ追加してもらえれば、給料はそのままで大丈夫です。食費が余ったらその額は報告するので、それが追加手当ってことで」

『わぁ、ありがとう鏡夜君！　さすが蓮夜《れんや》と美雪《みゆき》さんの息子だよ！　本当にありがとう！』

ちなみに蓮夜とは俺の父親、美雪は俺の母親だ。

『いやぁ、何卒《なにとぞ》娘《むすめ》を気にかけてやってください！　合鍵もらったでしょ？　自由に出入りしていいからね！　では！』

一方的に通話が切られる。忙《いそが》しいのか、押し付ける気満々なのか。どちらにもとれるが、後者だと小鳥遊が不憫《ふびん》なので俺は考えるのを止めた。

しかし大事な娘を思春期の男子に預けるって、小鳥遊の父親は心配じゃないのだろうか。それとも何か。うちの両親がよほど上手《うま》く俺を売り込《こ》んだのか？

……母さん辺りなら余裕《よゆう》でやりそうだな。まぁ勘繰《かんぐ》ってもしょうがないか。

とりあえず、色んなモヤモヤを溜息《ためいき》に化かして、スマホをポケットにしまった。

「というわけで、毎日朝と晩は作るよ、小鳥遊」

「うん、お願い！　よかったー、美味しいご飯毎日食べられるなんて！」

能天気に喜ぶ小鳥遊だが、ちょっと不安になってくる。

こいつは男が家に上がり込むのをどう捉《とら》えているんだろう。

「つか、お前は特によく知りもしない奴《やつ》を毎日家にあげるのってどうなんだ？」

「別に仕事だし、仕方ないじゃん」

「本当は？」

「ご飯とか洗濯とか掃除とかめんどっちーから超絶《ちょうぜつ》ラッキー！　やったね私！　……はっ!?」

…………。

小鳥遊祈。クラスではいつも一人でいる、神秘的な美少女。

静寂《せいじゃく》を愛する、孤高の存在。凡人《ぼんじん》などとは住む世界が違《ちが》う、掛け値《ね》なしの高嶺《たかね》の花《はな》。

言い過ぎだと思うが、これくらいの印象は誰もが持っていたと思う。告白をしようにも全く相手にしてもらえないとか、そういう話もよく聞いていた。

しかし、それでも。

彼女の美しさや可憐《かれん》さなどには傷一つつける要素にはならない。むしろ逆だ、難攻不落《なんこうふらく》が故《ゆえ》に彼女の価値と存在感が跳《は》ねあがっていた。いつしかそれは決定的に一般人《いっぱんじん》のそれとは違ってしまって、誰も近づこうとしなくなっていた。

神秘的な美少女、次元の違う存在。

それだけで通ってしまうでたらめな、まるで二次元のような存在が。

こんな……残念な奴だったなんて。

今一度、夢を砕かれた気分だ。なんというか、少し物悲しくなる。

ぶっちゃけ、知りたくもなかった現実に——俺はもう一度、溜息を吐《つ》くのだった。

やはり夢は夢のままがいいんだなぁ。いや、イメージを勝手に抱いていたのはこちらだが……こんなことになるなんて。

「ま、よろしく頼むわね」

「……はいよ、小鳥遊。よろしくな」

それでも、そう可愛らしく微笑《ほほえ》まれると、なんか頷くしかない。美人ってのは得だ、見た目の印象がいいとそれだけで欠点さえも愛嬌《あいきょう》になるのだから。実際、イメージこそ壊《こわ》れたが、小鳥遊への印象は特に悪くはない。苦手なものは苦手なんだろうし。下手に隠すよりは好感度高いし。

何より、彼女のそういう残念なところを俺だけが知っているという優越感《ゆうえつかん》は非常に得した気分に……いや、ちょっと無理があった。正直な話、知った秘密が微妙すぎる。

こうして俺は、意外な形で、謎《なぞ》多き美少女――小鳥遊祈と深くかかわることになってしまった。

二話 ■ リアルの知り合いが苦手な彼女のばあい

　ウィンナーを焼いていく。フライパンに水を少量注ぎ、蒸発させながらウィンナーをボイル。水が無くなったら油を少々差して焼き目をつける。

すでに完成しているオムレツの皿に三本載せて、今日の朝食は完成だ。トーストもじきに焼ける。

　サラダはレタスとトマト、ブロッコリーのフレッシュサラダ。ドレッシングはシーザーサラダドレッシング。市販《しはん》のものだ。混ぜるだけとはいえ、朝からドレッシングを作るような気合は俺にはない。

　眠気覚《ねむけざ》ましの紅茶も完備。茶葉から入れただけあって、いい香りだった。

　今日は始業式だ。そして正式なアルバイト二日目になる。

　朝も晩も用意すると言ってしまった手前、合鍵で小鳥遊《たかなし》の家に入って料理——つまるところ朝食を作ったのだが、これ完璧《かんぺき》に通い妻みたいだよなあ……。俺は男だけど。通い夫……変な響きだ。これも徒歩五分以内という家の近さだから可能なことだけど、そういえば小鳥遊のやつ、高校からこっちに越《こ》してきたのかな。小学校や中学校で一緒《いっしょ》になった記憶がない。同じ学区だったら、小学校で絶対に顔は見てるはずなのだが。それは今度訊《き》いてみよう。今はちょっと急がなければならない。

時間を再確認《さいかくにん》。もう時刻は七時を回っている。小鳥遊のやつは全然起きてこない。もうそろそろ食べ始めないとマズいのだが。

「しゃーねえ。起こすか」

面倒見てくれって頼まれてしまったしな。

小鳥遊の私室のドアを、一応ノック。うーん、女の子の私室に許可なく立ち入るのは気が引けるが、遅刻《ちこく》はしたくないし。

返事もないので、仕方なくドアを開けた。

「……うわぁ」

室内は大分散らかっていた。床が見えない。

ベッドの上で、布団《ふとん》を蹴散《けち》らし、パジャマ代わりのスウェット姿を盛大《せいだい》に露出《ろしゅつ》させ、気持ちよさそうに寝《ね》ている小鳥遊を発見した。いや、色々はだけておへそとか家用のインナーやらが見えているが、その寝汚《いぎたな》さの方が気になる。

周囲を見れば、パソコンとゲーム機が目立っていた。数が多い。ゲームの箱や俺でも知ってるような漫画本《まんがぼん》などが乱雑に積まれている。意外にゲームとか好きなんだな、こいつ。

とりあえず揺すって起こす。肩《かた》ですら柔らかでなんか悪いことをしてる気分になってくるが、それを抑えつつ揺すり続ける。

恨《うら》めしそうに睨まれることはなかったが、起きもしない。

「起きろ、おい、小鳥遊。たーかーなーしー。コラ、起きろやテメェ、俺まで遅刻するだろうが！」

「すぴー……」

……。ここでファイナルウエポンを出そう。飛び起きるだろう絶対の二択《たく》。

アイアンクローがいいかな。足つぼマッサージがいいかな。

足つぼにしよう。一応、本職から教えてもらっているので、押していいツボは分かる。

足を掴んで、その女の子の肌の柔らかさに少しビビった。

まぁ、幸せそうに寝ている小鳥遊を見ていたら、いつの間にか全力でツボを押してたんだけど。

「あああああああああぁぁぁぁぁぁ～～～～～～～～っ⁉　いだいいだいいだいいだい⁉」

「え？　偉大《いだい》？　そうだろ、崇《あが》めろ」

「はァ⁉　い、いで、いでででで⁉　や、やめ、やめて……⁉　何、何なの⁉」

悲鳴と共に覚醒《かくせい》し、目を白黒させる小鳥遊に、目覚まし時計を見せてやる。

ポカンとした顔でそれを見ていた小鳥遊だったが、目を不服そうに細めた。

「……いや、春休みなんだから寝かせてよ」

「アホか、今日は始業式だ。わざわざ起こしに来てやったんだぞ」

「えー？　始業式？　じゃあ行かなくていいじゃんめんどっちー」

俺は無言で足つぼを押《お》す構えをとる。

「すみません、行きます」

「よろしい」

……何か、前途多難《ぜんとたなん》だなあ。


朝食を摂り、登校する。何とか、少し余裕をもって登校できたぞ。

私立矢針高校。特徴は校則の緩《ゆる》さと制服の可愛さだろうか。男子は黒いスラックスとブレザー。ネクタイの色で学年を識別する。緑、赤、青でローテーションしていて、今は緑が一年、赤が二年、青が三年だ。俺は赤いネクタイをしている。俺個人の服装としては、中のシャツも学校指定の白のカッターシャツなので、特に面白味《おもしろみ》がない。

女子はピンクのチェックのスカートと黒のブレザーだ。リボンの色が学年で分かれる。色のローテーションは男子と同じで、二年の女子である小鳥遊は赤いリボンをしていた。意外にも、小鳥遊の身なりはきちっとしている。そういや、白いタイツというのも珍《めずら》しいよな。

ちなみに、中のシャツやブラウスは自由。ぶっちゃけネクタイやリボンもする必要はなく、してなくても怒られることはない。割合自由な校風だった。しかし、大体が同じ着こなしをしている。そりゃそうだ、これっていう手本があるならそれを選んでおけば問題は起きにくい。

掲示板《けいじばん》には、クラス表が貼り出されていた。俺は……一組か。お、小鳥遊も一組じゃん。

「同じクラスだぞ、小鳥遊」

「今年も同じクラスなのね」

「俺をクラスメイトだって認識《にんしき》してたんだな」

「クラスどころか、学年全員の顔と名前は一致《いっち》できるわよ」

得意げに話す小鳥遊だが、それで何で友達ができないんだろうか。よく分からん。でもそう言えば、昨日も俺の苗字《みょうじ》知ってたよな。怖《こわ》がられたけど。

掲示板前から教室への移動中、何故か小鳥遊は俺の数歩後ろをキープしつつ付いてくるが、構わず教室に入る。

「お、鏡夜《きょうや》じゃん！　はよーっす！　また一緒だな！　体育祭無双《むそう》してやろうぜ！」

友達の男子生徒から快活な笑顔《えがお》が向けられた。その笑《え》みに、頷き返す。

「おう、またよろしくな」

「頼むぜ、お・か・ん！」

「ぶちのめすぞ」

「ジョーダンジョーダン」

微妙《びみょう》な背丈《せたけ》の彼《かれ》と無駄《むだ》にハイタッチなどを決めてみる。その隙《すき》に、というわけでもないんだろうけど、小鳥遊は空いていた窓際《まどぎわ》の席に座《すわ》っていた。

にしても、学校で親しい千寿俊樹《せんじゅとしき》――通称《つうしょう》トシとも、今年も一緒だったとは。これはラッキーだな。

トシの服装からは少しこだわりが見える。ブレザーの下がカッターシャツではなく、白のドクロマークが描かれてるTシャツだ。金属がついたいかついベルトに、ドクロのリングやらピアスをしているが、これでも怒られない。ちなみに、本人はパンクに決めているらしい。

茶髪《ちゃぱつ》にしてるのもあって印象はぶっちゃけチャラいが、友達は大事にするやつだ。ムードメーカー的存在で、クラスの中でもトップクラスに入るくらい明るい奴でもある。

こちらに近寄り、肘《ひじ》で俺をうりうりと押してくるトシ。こういうウザ絡《がら》みももはやお家芸レベル。俺やトシと同じクラスだった奴はまたやってるよという目でこちらを眺《なが》めていた。

「今年は誰狙《だれねら》いだよ、鏡夜。難攻不落の学園アイドルの鴨田《かもだ》さんか？ それとも神秘的な美少女、小鳥遊さんか⁉」

言われ、小鳥遊の方を見てみる。外を眺めていて表情までは見えなかったが、やっぱ可愛いんだよな。

視線をトシに戻《もど》し、俺は首を横に振《ふ》った。

「いや、今回はって。別に誰も狙ってねーよ」

「まま、そう言うなよ。アシストしてやるから、オレの彼女《かのじょ》探しも手伝ってください何でもしますから」

「んじゃオカン呼びをやめろ」

「分かったよオカン」

「お前欠片《かけら》も分かってねえじゃねえか！」

そんな俺のツッコミに反応したのは、トシではなく別の生徒だった。

「でもオカンはオカンだと思うのー」

そう言ってぱたぱたと近づいてくるのは、春休みに連絡《れんらく》をくれた女子ことタミだった。

小柄な彼女は、とても嬉しそうに手を伸ばし、俺の肩を軽く叩《たた》く。

「オカン、またいっしょー！　嬉しいなぁ」

「テメ、タミこの野郎《やろう》。オカン言うんじゃねえよ」

「えへへ。いつものツッコミだー」

タミはそう微笑みながら、更《さら》に近寄る。

てか、オカン呼びに突《つ》っ込むというのをルーティンみたくするのはやめてほしいんだが。

タミ――本名、大鷺拓海《おおさぎたくみ》。茶髪で小柄、のほほんとした愛らしい顔をしている。こいつは夏でもレモン色の長袖《ながそで》パーカーを愛用している。ソックスはいつもくるぶし丈《たけ》というところにこだわりを感じていた。冬でもこれだったからな。こいつは男らしい名前がコンプレックスらしく、愛称《あいしょう》で呼ばせたがるのが特徴《とくちょう》。ちなみに愛称はタミやらタミちゃんやら。

「よっすタミちゃん。今日も小さいね！」

「ねじきれろー」

「物騒《ぶっそう》なんだけどこの子⁉　どの部分がねじきれるの⁉　すんげえ怖いよ！」

「人が気にしてることはからかっちゃいけないのだよー」

「だったらお前らもオカン言うんじゃねえよ」

「「それはそれ。これはこれ」」

「仲良しか貴様ら。オカン言うんじゃねえよ！」

「怒ってる？」

　小首を傾《かし》げる愛らしい仕草が良く似合う。首を横に振ると、何ともおっとりした笑みを向けられた。

「それよりもオカン。今日はお菓子《かし》持ってないのー？」

　話し方も、非常にゆっくりしているのがタミだった。彼女と話してるとなんか和《なご》む。

　無言で、特売の時に買っておいた、個包装のチョコ菓子を手渡《てわた》す。こいつは菓子の類が大好きで、大体のクラスメイトからは甘《あま》やかされるようにお菓子を貰っていた。

「ありがと、オカン。オカンお菓子くれるから愛してるぅー」

「んな気の抜《ぬ》けた愛してるなんていらねえから。菓子とみれば飛びつくし、ぶっちゃけ甘ければ何でもいいんだろ。後オカン言うな」

「えへへ。よろしくね、オカンー。じゃーねー！」

「分かってねえなどいつもこいつも」

チョコ菓子を頬張《ほおば》りながら去っていくタミ。小鳥遊と同じくらい小柄だけど、彼女と比べると胸がない。普通程度にはあるんだけど、背丈に見合った胸だ。慎《つつ》ましい感じはする。

見送っていると、不意に視界が塞《ふさ》がれた。手で目隠《めかく》しされてるのは分かるけど。

「だーれだ！」

「体育教師の成沢《なりさわ》」

「あ、鏡夜君そういうマッチョなのが好みなの？」

「んなわけあるか。詩織《しおり》、手を退けろ」

視界が開ける。わざわざめいっぱい背伸《せの》びして、背後から半ば抱き着くような姿勢をとっていたのは、誰もが認める美少女だ。ちょっと大きめな胸が当たっていたが、本人は気にしてない様子だった。いつものように茶目《ちゃめ》っ気《け》のある微笑みを浮《う》かべている。

鴨田詩織。我《わ》が校《こう》のアイドルは、人懐《ひとなつ》っこい気さくさで顔の怖い俺にも話しかけてくる。中学からの知り合いだが、そのスタンスは全く変わっていない。

ふわふわな淡《あわ》い茶色の髪に大きな瞳《ひとみ》。背丈は普通くらい。季節感が大事だという彼女は、春は前開きの淡いピンクのカーディガンを愛用している。靴下《くつした》は白のハイソックスで、生足との領域はそれなり。華奢《きゃしゃ》で、いかにも守ってあげたくなる感が強い女の子。

男女問わず人気で、昨年は一年生ながら彼女にしたい女子ナンバーワンを勝ち取っていた（いや正確には競《きそ》ってはないのだが。男子が勝手に作って投票してるだけ）。

ずい、と顔を近づけてくる。詩織も、こう、近いんだよなあ……。女子に良くやるんだけど、俺は異性と認識されてないのかと、少し悲しくなる。

何故《なぜ》だ。オカンだからか？　その理由を訊《たず》ねたかったが、俺が傷つく可能性があったのでやめておいた。

そんな胸中複雑な俺に対し、詩織は何となく機嫌《きげん》がよさそうではあった。鼻歌交じりだし。

「同じクラスだね！　鏡夜君のお弁当楽しみだなー！」

「お前また狙うつもりか」

「唐揚《からあ》げが食べたいなー？」

「やかましい。さっさと挨拶《あいさつ》回り行け」

「はーい。またね！」

「いや、待て」

去ろうとする詩織の手を掴む。柔らかいその感触に少しドキッとするが、向こうは大きな瞳を見開いて驚《おどろ》いていた。ごめん、でも気になるところが。見過ごせない。

手を掴んだまま、ブレザーの内ポケットに入れていたソーイングセットを取り出す。

「カーディガンのボタンが取れかかってるだろ。こういうの注意しろよな。ほれ、脱《ぬ》げ」

「えー、寒いからいやだなぁ」

「なら絶対動くなよ」

かがんで、詩織のお腹《なか》あたりで作業を開始する。

目立たないピンクの糸があってよかった。さっさとボタンを縫《ぬ》い付ける俺の姿を、今年初めて同じクラスになった奴らが物珍《ものめずら》しそうに見ている。一方の顔見知り連中は、またやってるよというような顔をしていたが。詩織からは何だか甘い匂《にお》いが。少しドキドキするが、集中していく。……よし、完了《かんりょう》した。ハサミで糸を切る。

「もういいぞ」

詩織を見上げると、少し赤い顔をしながら苦笑《くしょう》していた。

「こんなことしてるから、オカンって呼ばれるんだよ。嫌《いや》なんでしょ?」

「確かによくはないが、だからってそのまま見過ごすのはもっとよくない。てか俺が嫌だ」

「……でも、そういう鏡夜君だから、みんな親しみこめてオカン呼びしてると思うの」

「もう少しマシな親しみのこめ方して欲《ほ》しいんだが」

「あはは。でもありがと、鏡夜君。変わってなくて安心したよ。また困った時はお願いね!」

笑顔のまま手を振られる。それだけでクラス中の男子が嫉妬《しっと》の目を向けてくるが、次の瞬間《しゅんかん》詩織に話しかけられてあわあわしていた。さすがアイドル、アフターケアまで完璧。

「……」

「どうしたよ、トシ」

なんか物凄《ものすご》く、「うわぁ」とでも言いたげな目だった。尊敬もしてるし、ドン引きしてるようでもある。色々な感情が内包したうえでの「うわぁ」だった。

「お前、なんか色々すげえな。普通やるか？　あんな女子のお腹に顔近づけてさ！　裁縫《さいほう》のためとはいえ！　しかも鴨田詩織にだぞ⁉　どんな心臓してんだ！」

「悪いな、取り外せないから見せられないんだ」

「んなアホみてーな冗談《じょうだん》いいから！　チクショウ、羨《うらや》ましい！　オレも女子と仲良くなりに行くもんねー！　悔《くや》しくなんてないんだからねー！」

アホみてえなことを言ってトシが嘘泣《うそな》きしながら去って行く。

さて、俺も適当に顔見知りの奴らにでも挨拶していくか。ん、近づいてくるのは去年から一緒だった女子だ。川蝉《かわせみ》さん。

「ねえねえ、オカン。鴨田さんとは本当に何でもないの？」

「何でもねえよ。あん？　川蝉、お前顔色悪いな。また夜更《よふ》かしか？」

「仕方ないじゃん、昨日面白《おもしろ》い映画が……！」

「アホか、んなことしてねーでさっさと寝ろ。何事も体が資本だぞ。ほれ、飴《あめ》食え。酸っぱいし、甘いしで疲《つか》れが少しは取れるだろ」

「……オカンだ」

「ちげえよ馬鹿」

川蝉とそんなやりとりをしていると、線の細いオタク男子こと種千《しゆじ》がこちらを見ているのに気付く。

「よう、種千は今日は元気そうだな。推《お》しとやらに何かあったのか？」

「うん、今日推しの子のライブなんだ！　もう待ちきれないよ！」

「おう。そうぃや。ほれ、そのアイドルがコラボしたコンビニの七百円以上購入者《こうにゆうしや》限定くじ引きのC賞やるよ。たまたまクーポンあったから使ったけど、最近のコンビニは便利だよな。牛乳以外の生鮮《せいせん》食品もおいてあるとは思わなかった」

「うぉおおお！　ありがとう、オカン！　今度実家が送って来た野菜持ってくる！」

「ありがたいがオカン言うなこのボケナス」

そんなやり取りの中、ふいに気になったので小鳥遊に目をやる。そして、思わず息を呑《の》んでしまった。

窓際の席で、外を眺めている。時折吹《ふ》く春風が、彼女の髪《かみ》を撫《な》でていった。

浮世離《うきよばな》れしている、かのような。現実味のない美しさのような。

幻想的《げんそうてき》な雰囲気《ふんいき》のあまりに、声を掛《か》けるのも憚《はばか》られる……は、言い過ぎかもしれないが、実際絵にはなっていた。

そんな彼女の隣《となり》の席に、交流の輪から抜けた俺は、腰《こし》を下ろす。

こいつの中身を知ってれば、そんなに躊躇《ちゅうちょ》はしない。

「何か外にあんのか、小鳥遊」

ビクッ！　と面白いほどに反応する小鳥遊。まるで錆《さ》び付いた機械のようにゆっくりとこちらを見て、ホッとした様子だった。

「び、びっくりした……えっと、何か用？」

「おう。てか、何でそんなに焦《あせ》ってんだよ」

「いや、学校で話しかけられること、あんまりなくて……」

家での強気な態度や発言が嘘《うそ》のように弱気だ。本当にコミュ障なのだろう。この自信のない態度は、キャラを作っているわけでも何でもないように見える。他人と上手く会話できない、という本人談を信じるのであれば、この三十人近い他人が犇《ひし》めく教室内は地獄《じごく》なはずだ。そういえば、表情がこわばっている気がしないでもない。

「おー！　こんにちは、小鳥遊さーん」

と、そこへタイミングよくタミのやつがやってきた。

タミは和ませるような笑みを小鳥遊に向ける。

それに対して小鳥遊はと言えば、

「………よう」

小さすぎて聞き取れなかったが、おはようと言ったのだろうか。タミには届いていないらしく、彼女はゆっくり首を傾げていた。

「？　同じクラスなの、よろしくねー？」

「よ、よろ……よろ……！」

やはり声が致命的《ちめいてき》に小さい。よろしくと言いかけているのは伝わるが、タミにまで届かない。さっきと逆方向にタミは首を傾げて、何だかすまなさそうな顔をしていた。

「？？？　何か急に話しかけてごめんねぇ。じゃーねぇ！」

「あ……」

うわぁ……。ロクに会話できてないじゃないか。コミュ障にも限度があると思っていたが、受け答えすら成立しないレベルだったとは思わなかった。

タミが去った後、小鳥遊はふらふらと席を立つ。どこへ行くんだろう。いいや、俺もトイレ行きたかったし。

立ち上がってトイレに行って用を足した後、ぶつぶつと小鳥遊は誰もいない廊下《ろうか》で何か唱え始めている。

「私の馬鹿……ダメだぁ、今の受け答え完全に嫌な奴だ……！　馬鹿、アホ、ドジ、間抜《まぬ》け、美少女……！」

さっきの反省だろうか。なるほど……どうやら本当に狙っていつも一人、というわけではないらしい。こんな受け答えじゃ、周囲に人がいないわけだ。無視されてるのと変わらんレベルだもの。

「小鳥遊。お前、友達いないだろ」

「おふっ⁉」

何か思いっきり鋭利《えいり》な刃物でも刺《さ》さったかのようなリアクション。小鳥遊は叱《しか》られた子供のように俯《うつむ》いてしまう。

「だ、だって……うまく話せないし」

「でも、友達ほしいんだろ？」

今の反省会をするということは、そういうことだろう。

しかし、小鳥遊は首を横に振った。

「そ、そこまででもないし！」

「あっそ」

めんどくさかったので俺《おれ》は教室に戻りがてらスマホを取り出して弄《いじ》り始める。背後に感じる小鳥遊の気配はスルーしよう。

「……」

ふーん、あのゲーム無料十連ガチャ明日からか。チェックしとかなきゃな。

「……」

特売も見ておかなきゃ。小鳥遊家の出費を抑《おさ》えられた分、俺の給与《きゅうよ》になるんだから。手を抜かずガッツリ、節約してるけど満足感ある食事を提供するぞ。そのために情報が色々欲しい。

「………っ！」

ん？　人気がある場所へたどり着く前に、裾《すそ》を引っ張られる。小鳥遊だった。顔を真っ赤にして、こちらを窺《うかが》うようにしながら、意を決したように口を開く。さっきまで窓の外を見ていた涼《すず》やかな彼女と同一人物とは思えない、必死な顔がそこにはあった。

「て、手伝いたいなら、手伝わせてあげる！」

「お前、何様なんだよ……」

「手伝ってください！　お手伝いさんでしょ⁉」

心なしか涙目《なみだめ》だった。瞳がウルウルしている。いや、泣かれても困るんだが。ていうかやっぱり友達が欲しいんじゃんか。素直《すなお》じゃない奴だな。

でもまあ、こうやってちゃんと受け答えできてるんだ。きっかけさえあれば、俺の手伝いなんてなくても何とでもなるような気がする。

「そういう機会があったらな」

俺のつれないともとれる態度に、まだ何か言いたそうな小鳥遊だったが、教室の方から詩織がやってくるのを見ると大人しくなった。近づく彼女から小鳥遊は目をそらす。

「詩織もトイレか？」

「ううん、ちょっと鏡夜君に聞きたいことがありまして」

詩織のやつはなにやらニヤニヤしている。こういう時のこいつは、大体良からぬことを考えている。そういうニヤニヤした笑みも非常に似合うし可愛《かわい》いんだが……。

「鏡夜君は苦手な食べものとかあったっけ？」

「あー……。強《し》いて言えば、ナメコ？　ヌルヌルネバネバがそんなに好きじゃない。メカブとか山芋《やまいも》とか。なんでだ？」

「いやぁ、いつものお返しにおにぎりでも握《にぎ》ってこようかなって。でも、普通だとねえ？」

「つまり、普通だと面白くないから嫌《きら》いな具を入れようと？」

「うん。女の子が握ったおにぎり、食べるよね？」

「食うけどお前、アイアンクローか足つぼマッサージのどっちかの報復は受けてもらうからな」

「えー、女の子に手をあげるんだー」

「俺は相手が男だろうが女だろうがやられたらやり返すぞ。絶対にお返しは忘れない」

「うんうん、それでこそ鏡夜君だね！　まぁ安心して、ただのリサーチだから。おにぎり作るの難しいし」

む、難しいのか、あれ。え、何でだ？　おにぎりってどこに難しい要素が？

「……それはそうと、鏡夜君って小鳥遊さんと仲良かったりするのかな？」

「っ!?」

俺の背後を覗《のぞ》き込むようにする詩織に対して、小鳥遊が悪戯《いたずら》が見つかった子供みたいに肩をびくつかせる。心なしかプルプル震《ふる》えていたので、俺は仕方なく助け船を出した。

「去年同じクラスだったからな。よくて知り合い程度だよ。それより詩織、そろそろチャイム鳴るぞ」

「え、もうそんな時間？」

ほどなくして本当にチャイムが鳴った。小走りで教室へと戻る詩織の後姿を眺めながら、俺はあからさまにホッとした様子の小鳥遊に別の意味でため息を吐きたくなった。

ホームルームは新しい生徒手帳を配った後、自己紹介《しょうかい》の時間になった。

自己紹介なんて、サラリと流して終わりだ。顔と名前を把握《はあく》して、知り合いが自己紹介でヘマをしたら後で弄って盛り上がる程度……の些細《ささい》な時間なのだが。

隣の小鳥遊は念仏を唱えているようだった。その内容に耳を澄《す》ます。

「私は小鳥遊祈《いのり》です、よろしくお願いします……うん、オーソドックスが一番……いやまって、これ冷たい奴だなとか思われないかな。よろしくおっぱっぴーとかはっちゃけなくても大丈夫《だいじょうぶ》かな……いや、でも変な奴だと思われたら、私、生きていけない……！」

般若心経《はんにゃしんぎょう》ではないらしい。挨拶の練習か、頑張《がんば》れ小鳥遊。もうすでに変な奴だけど。

教室の廊下《ろうか》側《がわ》から、どんどん呼ばれていく。

「はいはーい、千寿俊樹でーす！　軽音楽部所属でっす！　オレより背の高い女の子、告白、待ってるぜ！」

投げキッスまでしている友達のトシだったが、ウケ狙いが功を奏して笑いをとっている。

「鴨田詩織です！　よろしくお願いします！」

シンプルに詩織が決める。それだけで拍手《はくしゅ》が飛んでいるのだから、さすがアイドルと言ったところ。

「大鷺拓海でーす。タミって呼んでくださーい、拓海って男の子みたいでしょぉ？」

確かに珍しい名前だよなあ、女の子で拓海って。のんびりした彼女は嫌味《いやみ》などを全く言わない愛され系だ。特に女子からの可愛がられ方は半端《はんぱ》じゃない。

なのに、詩織とタミは割と絡《から》まないんだよなあ。挨拶はする程度だが、表面だけな気が
する。何でだろうか。理由は分からないが、まぁ女子には女子の事情があるんだろう。

で、俺の番か。

「観音坂《かんのんざか》鏡夜です。何卒《なにとぞ》、よろしくお願いします」

頭を軽く下げ、すぐに座る。まばらな拍手が起こる。こんなものだろう。無難すぎて特
に弄られもせず文句もつけられず、面白味の欠片もないのは自覚している。

さて、問題の小鳥遊の番だ。

「っ……！」

立ち上がる時に膝《ひざ》をぶつけ、派手な音が鳴る。

「お、おい、小鳥遊。大丈夫か？」

「…………」

聞いていない、のだろう。正確に言えば、聞こえていないのかも。俺の声にも無反応だし。心配になって隣の席からそっと顔を窺えば、綺麗《きれい》な顔から完全に表情が抜け落ちていた。さながら能面といったところか。無機質で、まるで人形みたいだ。

クラスはいつの間にか静まり返っていた。沈黙《ちんもく》が痛い。非常に気まずい空気が流れる。誰もが小鳥遊に悪い意味で意識を向ける中、

「…………よろしく」

結局、彼女が絞《しぼ》り出したのは、そんなトーン低めの一言だけだった。そして何事もなかったかのように座り、再び窓の外へと視線を向ける。

それはいつもの小鳥遊の姿に見えた。いつも通りの、孤高《ここう》な彼女。いつも通りの高嶺の花の態度。一年経《た》ってもブレることのない、学校での彼女の姿。

だが、俺には分かった。いや、明確に、廊下側の隣の俺だから分かったと言える。

少し顔を俯かせている彼女の、泣きそうになっている姿が、どうしようもなく窓ガラスに写っていたから。

こいつは多分今――めちゃくちゃ落ち込《こ》んでいるのだと。

それだけは、理解できた。

ホームルームが終わっても小鳥遊は外を見続け、死んだままだった。さすがにへこみすぎだろ。過ぎたことはしゃあないんだし……いや、あれだけ気合入れてたのにこの結果じゃ仕方がないのか。

今日は始業式で昼前で学校は終わりだった。みんな帰ってしまっていた。教室には俺と小鳥遊しかいない。

とりあえず「帰ろうぜ」と声を掛けた。無言のままの小鳥遊と朝通った道をたどっていく。河川敷《かせんしき》あたりまで、沈黙が続いていたのだが、隣から何かプレッシャーのようなものを感じないでもない。

……うん、ここは声を掛けてやるべきか。

改めて彼女を見れば、何だか気力という気力が抜け落ちたような表情をしていた。

その表情に、思わず言葉を失う。

「あー、小鳥遊。なんだ、その、えーっと……」

「……慰《なぐさ》めて」

「えー……、契約に入ってない」

「血も涙《なみだ》もない⁉」

「冗談だ」

「冗談にしても悪質だよぉ。ひどいよぉ……おーいおいおい」

今時おいおい泣くやつ初めて見た。いや嘘泣きだろうけど。

「おーいおいおいおい、ぐすん、ひっく、ひどいよぉ……！　あーあ、これは慰めるまで泣き止《や》まないなー？　ちらっ」

うわあ、これは超絶《ちょうぜつ》めんどくせえ。

しゃーないなあ……。

「おっぱっぴーとか可愛かったぞ。五ミリ程度」

「追い打ちかよぉぉぉぉ――――――っ‼」

そう叫《さけ》びながら鞄《かばん》を持って走り去る小鳥遊。あいつ前世はリアクション芸人か何かだったのか？　てか逃《に》げ足《あし》地味にはええ。

結果的にひとりになってしまった帰り道。俺は昼飯のことを考えるが、どうしても脳裏《のうり》から先ほどの小鳥遊の能面みたいな顔が消えてくれない。

「……まぁ、俺の前だと素を出せるっぽいし、昼飯もあのままだと碌《ろく》なもんを食べそうにないし。夕飯の面倒《めんどう》も見なきゃなんないしな。掃除《そうじ》の続きもしなきゃだし」

そんな言い訳を口にしながら、気がつけば俺の足は小鳥遊のマンションへと向かっていた。

本日二度目の合鍵《あいかぎ》の使用。もうなんか、ここに通うのにも慣れ始めてきている気がする。

リビングにはいなかった。なので、部屋のドアをノック。

ドア越しに、半泣きのような怒鳴《どな》り声《ごえ》が聞こえてきた。

「なによもう！　帰ってよ！」

「いや、仕事だし」

「帰ってってば！」

「ついでに昼飯作ろうと思ってたんだけど、昼飯はなしでいいんだな？」

「それはお願いします」

「お願いしちゃうのかよ」

「でも帰って！」

「ムチャクチャだな……」

仕方がない。俺が折れた方が早そうだし。

「ごめんって。頑張ったな、小鳥遊。今回はダメだったけど、惜《お》しいところまでいってた。次はやれるさ、頑張ろうぜ」

我ながら棒読みだったが、小鳥遊はドアを開ける。

「……ホントにそう、思ってる？」

……こいつの自信のなさそうな上目遣《うわめづか》い、結構卑怯《ひきょう》だな。

ただでさえ、見た目は抜群《ばつぐん》なのに、そういう顔をされると、なんというか、調子が狂《くる》う。

俺はバレないように視線を外した。まっすぐ見ると中身を知っててもドキドキする。

「思ってる思ってる。大丈夫、小鳥遊ならすぐにクラスにも馴染《なじ》めるって」

「…………えへへ。そっか～。あんたもそう思ってんだ～。へ～」

俺の言葉がよほど気に入ったのだろう。

小鳥遊はすっかり復活して、得意げな笑みを浮かべていた。うわぁ、なんかすげえムカつく。

「まぁ、確かに今日はほんのちょ～～～～っぴり？　失敗しちゃったかもだけど！　でも、やっぱり惜しかったわよね？　もうちょっとだったわよね？　うんうん！　私ってほら、やればできる奴《やつ》だから！　だから別にあんたなんかに慰めてもらわなくても、ぜ～んぜんへっちゃらなんだから！　なんたって、私はできる女――いだだだだだっ!?」

「あ、すまん。ついアイアンクローが」

「女の子の頭に何するのよ！　これ以上馬鹿になったらどうしてくれるの！」

「ご臨終だな」

「ごりんじゅう？　ごりん？　五輪重？　あ、世界大会ね！」

「…………」

「その絶望に打ちひしがれた顔は何⁉」

とりあえず色々心配になったが、小鳥遊に友達ができる日は来るのだろうか。

というかこの常識のなさでどうやって偏差値《へんさち》六十近いうちの高校に入ってきたんだこいつ。

小鳥遊は興味が尽《つ》きないとばかりにこちらをゆすってくる。

「ねえ、馬鹿になったらなんで世界大会なの？　馬鹿の祭典とか私が知らないだけであったりする⁉」

「…………」

怖いなあ。冗談であってほしいのだが、目の前のこいつにそんな気配を全く感じないのがマジで怖い。

……まぁ、それでもさっきの能面顔よりはずっといいけど。

ていうか、強面《こわもて》に定評のある俺とだって数時間で打ち解けられたわけだし、ちょっとしたきっかけさえあれば小鳥遊にだって友達くらい出来るはずなんだよ。この芸人みたいなノリだって面白がってくれる奴は腐《くさ》るほどいるだろうし。

今日一日のこいつの反応から察するに、問題があるとすれば——

「……お前、どうして、そんなに緊張《きんちょう》してたんだ？」

「！　き、緊張って？」

「自己紹介の時。緊張してたんだろ？」

俺の問いかけに、小鳥遊は俯いた。悔しそうに頬《ほお》を膨《ふく》らませるその姿は何だか子供っぽい。

「……上手《うま》く、やろうとして。いつも、想像の中では、上手くいってるの。今日だって、みんなに、明るく……よろしくって、言いたかったのに」

「うん」

「……失敗したらどうしよう、とか。外したらどうしようとか、考えてるうちに。顔がね、強張《こわば》るの。動かなくなるの。気付いたら、そっけない言葉が……」

やはりそうなのか。

思い返せば、同学年を意識して全員覚えているような奴だ。他人に興味はあって当然だと思うし、友達になりたいという話も本物なんだなって思う。

小鳥遊の素直な言葉に、これは意外と深刻な問題なんだ、と思い直す。強張る理由は緊張だけなのか。そこらへんも曖昧《あいまい》なままだ。現時点で確実なのは、対人コミュニケーションが苦手だってこと。だけど、決して人間が嫌いってわけじゃないことだ。

同時に、こいつ自身も面倒くさい部分はあるものの、友達が出来ないような嫌な性格の奴じゃない。むしろちょっと面白いまである。

そんな風に考えてから、俺はしょんぼりしている小鳥遊に向かって言った。

「でも、俺みたいなやつが増えるかもしれないだろ」

「え、あんたみたいな怖《こわ》い奴が増えたら世紀末じゃない？」

「お前ぎっしぎしに泣かすぞコラ。そうじゃなくて、その……」

自意識過剰《かじょう》なんだろうか、これは。頭を掻《か》きながら、ぼやくように、小鳥遊に声を届ける。

「俺みたいに、遠慮《えんりょ》なくやり取りできる奴が、さ。これからきっと増えるって」

俺のような、友達のような近さの人間が、きっとできる。少なくとも、本心から俺はそう思った。

「……そう思う？」

「ああ」

「……ありがと」

そうやって、ニッと笑う彼女の顔は、彼女の清楚《せいそ》な印象とはかけ離《はな》れたものだったが。
とても力強く、さながら太陽のような眩《まぶ》しさに、俺の瞳には映ったのだった。

三話■乙女理論と綺麗な心

「ありがとぉ、オカン」

「気を付けろよ、タミ。運動神経いい方じゃないんだし」

「だからこそ、頑張るのだよー」

始業式から数日後。保健室でのこと。

制服姿の俺は、体操着姿の怪我《けが》をしたタミの手当てをしていた。

四限目。男子は五十メートル走、女子はハードル走をしていたのだが、授業が終わり、更衣室《こういしつ》へ戻《もど》る途中、授業とは関係ないところでタミが派手に転んで膝から血を流すことに。

俺は丁度、教室で着替《きが》えを済ませ、飲み物でも買おうと一階に下りていたところだった。

怪我の現場を目撃《もくげき》した俺は、そのままタミを保健室に連れていった。水道水で傷口を洗い、椅子《いす》に座《すわ》らせて消毒液を掛ける。タミは少し染《し》みたのか、顔を顰《しか》めていた。

「悪い」

「オカンが謝《あやま》るのは変だよー。むしろ、ありがとぉ」

「オカン言うな、無駄《むだ》に消毒液掛けるぞ」

「ふふっ、じょーだーん」

大きめの絆創膏《ばんそうこう》を貼《は》って、これで良し。幸い……と言っていいのかは分からないが、砂地で転んだんじゃなくてよかった。石とか入ったら大変だもんな。

貼られた絆創膏を眺《なが》めながら、タミは何だか嬉《うれ》しそうにしている。何故《なぜ》嬉しそうなんだよ、怪我してるのに。

「……なんだか、なつかしーね」

「そうかぁ？」

「そうだよー。一年の頃《ころ》、こうやって……えっと、シャトルランだったよね？　連れていってくれたよねぇ」

「あー……」

体力測定のシャトルランの時、タミが足をくじいたことがあったっけ。

「生まれてから最初の、お姫様抱《ひめさまだ》っこだったなー」

体力測定は男女混合だったからな。一年の頃も保健委員だった俺が肩《かた》を貸すことになったんだけど、あまりにも遅《おそ》いからお姫様抱っこしたんだっけか。今思えば大胆《だいたん》過ぎることをしてしまった気がする。

それを話すタミは、どことなく赤い顔をしていた。嬉しそうに、そして満足そうに何度も頷《うなず》いている。

「オカン、顔はちょっと怖いけど、優《やさ》しいんだなーって。懐《なつ》かしー」

「オカンも余計だし顔が怖いは更《さら》に余計だ」

「うん、オカンと話すきっかけはそれだったんだよー」

そう言えばタミが話しかけてきたのはその後からだった。なるほど、それまでは顔面で警戒《けいかい》されていたわけだ。……少々泣けてくる。

「ん？」

ふとグラウンドに視線を落とすと、小鳥遊《たかなし》が一人でハードルをしまっていた。ああいうのって大体、二人組でやるんだが……もう一人の女子はどこいった？

「タミ、なんで小鳥遊が一人でハードルしまってるんだ？」

「あー。何か、一人でいいって言ってたんだよー。手伝おうか、って言ったんだけど。いいって……」

あー……なんか想像できてしまう。あがり倒《たお》して結局無表情になり、好意を突《つ》っぱねるアホの姿が。でもまぁ、受け答えができていたんなら、マシな方かもしれない。

高

家事全般《ぜんぱん》は別だが、意外にも小鳥遊は自分でできることは自分でやるタイプだ。苦手と思われる来客も俺には頼《たよ》らず、小鳥遊自身でちゃんと対応してるし。まぁ、大体通販《つうはん》の受け取りだけど。見知らぬ人でもその程度のやり取りは可能らしい。

それでも来客対応はいつも緊張しているのが丸分かりで、見ているこちらのほうがハラハラすることもあるのだが。

つまり何が言いたいかと言えば、小鳥遊は人づきあいが苦手だが、人を頼るのはもっと苦手だということだ。

よって友達もいない小鳥遊には、誰《だれ》かに手伝ってもらうという選択肢《せんたくし》がそもそもないんだろう。

一生懸命《いっしょうけんめい》にハードルを運ぶ小鳥遊の姿にそこまで想像してしまった俺は、溜息《ためいき》を吐《つ》いて立ち上がった。

「お、行くんだね、さすがオカン、ナイスガイー」

タミは笑顔《えがお》のまま、サムズアップをする。また似合わないポーズが、ゆるゆると決まる。

「やかましい、オカン言うな」

「わたしも行くー」

「怪我してんだからやめとけ。俺一人で十分だから。気持ちだけ貰《もら》っとくよ、タミ」

「……そだねぇ。わたしどんくさくなかったらなー」

「機敏《きびん》に動けるタミはタミじゃない」

「む、そうやもしれない」

「んじゃな。気を付けろよ、タミ」

「うんー。ありがとねぇ」

タミとは保健室で別れ、とりあえず俺は小走りでグラウンドに向かう。

小鳥遊は二個ずつ運んでいるが、それじゃあまり効率が良くない。俺は残りのハードルをまとめて担《かつ》ぎ上げた。片付けも終盤《しゅうばん》だったのか、それほど数は残っていなかったので、このくらいは余裕《よゆう》だ。

そこへ、俺に気づいた小鳥遊が、慌《あわ》ててやってくる。

「い、いいってば！　引き受けたの、私だし！」

「いーから。二人でやりゃ一瞬《いっしゅん》だ」

その一回で全部片づけ終わり、体育倉庫の扉《とびら》を閉める。

小鳥遊は何か言いたそうにしていた。言いかけ、顔が赤くなり、それでやっと言葉を絞り出す。

「……ありがとう」

「おう」

そんなお礼の言葉を受け取り、小鳥遊に向き直る。すると、また上目遣いでこちらを見上げていた小鳥遊と目が合い、反射的に視線をそらした。こいつには自覚してほしいんだが。その上目遣いが破壊力《はかいりょく》を秘《ひ》めていることに。

「こ、こういうのはな、誰かを頼っていいんだ。じゃないと心配するだろ？」

「心配……って、あんたが？」

「俺も、みんなもだよ」

そう言うと、小鳥遊は何やらしゅんとしている様子だった。別に説教がしたいわけでもないんだけど……いや、喋《しゃべ》り方《かた》が冷たすぎたか。俺、口調が丁寧《ていねい》な方でもないし。

「あのな、小鳥遊」

フォローをしようとすると、タイミング悪く、小鳥遊は体育倉庫からほど近い自販機《じはんき》に寄っていった。手招きされたので、素直にその場所に行く。

自販機には、やはりというか炭酸系はない、学校らしいラインナップ。一番人気は紙パックのミルクティーだ。ヨーグルト飲料も中々の人気を誇《ほこ》る。タミのやつはイチゴミルクが好きだし、詩織《しおり》はカフェラテが好きだ。小鳥遊は何が好きなんだろう。

不意に小鳥遊が微笑《ほほえ》みを向けてくる。綺麗な表情だ。気を抜《ぬ》いたら恋《こい》でも始まってしまいそうな。そんな絵になるような顔をしている。中身を知らなければ真面目に陥落《かんらく》していたかもしれない。

「奢《おご》ってあげる。お礼」

「そっか」

そういうことならありがたく世話になろう。

しかし残念なことに、小鳥遊は体操着のままだった。ポケットをまさぐった彼女《かのじょ》の顔が途端《とたん》に青くなり――。

「お財布《さいふ》、持ってない……」

さもありなん。明らかに落ち込む小鳥遊に、とりあえず「ドンマイ」と声を掛けた。きっとカッコよく奢ってみたかったに違《ちが》いない。

「……待ってて、今お財布取ってくる」

落ち込みつつもそう言って校舎へ走り出そうとする彼女の腕《うで》を掴《つか》み、俺は片手で財布を取り出した。

「いいよ、俺が出すから」

お金を入れる。自販機のボタンに赤いランプがついて、買えるようになった。

「小鳥遊、飲みたかったんだろ？　ほら、選びなって」

「……」

渋々《しぶしぶ》、といった様子で、小鳥遊はヨーグルト飲料を買った。俺は緑茶のボタンを押《お》す。

「あ、ありがとう……」

ちょっと納得《なっとく》がいかなそうな小鳥遊だったが、ちゃんとそう言ってくれた。やっぱり根は素直なんだよなこいつ。

しかし、不運はなぜか重なるもので。

「つみゃ⁉」

小鳥遊がストローを突き刺した瞬間《しゅんかん》、もっていたヨーグルト飲料が噴射《ふんしゃ》。顔面をやられる小鳥遊。

「う～……」

「……まぁ、その、なんだ……とりあえず拭《ふ》いてやるから」

俺はもっていたハンカチで彼女の顔面を拭く。と、ヨーグルト飲料が胸元《むなもと》に零《こぼ》れ、服の一部が胸に張りつき、大きなそれが否応《いやおう》なしに強調された。

思わず凝視《ぎょうし》したくなる欲求を堪《こら》える。最近こんなんばっかりだな俺と小鳥遊って。

そうしてなんとかヨーグルト飲料を拭き終わった彼女の顔は、やはりというか、しょぼくれていた。

高

「なんでこんなに、上手く行かないんだろ……」

「気にするなよ、俺だって毎日失敗ばっかだ」

「え⁉　あんたも⁉」

心底意外そうな顔をされるが、別に不思議じゃない。俺だって、失敗はする。

「そうだよ。だから、みんなに埋《う》めてもらってるんだ。自分がミスした時は、誰かが埋めてくれる。みんなを頼ろうぜ、小鳥遊。その分、お前ができることを返していけばいいんじゃねーかな。俺もそうしてるし。一緒《いっしょ》に頑張ろうぜ」

戻ろう、と付け加える。小鳥遊は何故《なぜ》か呆気《あっけ》にとられたような顔で俺の背中を見ていたようだけど、追っては来なかった。

教室に戻ってからスマホを起動。本日のスーパーのチラシを眺める。うーん、今日は生《せい》鮮《せん》食品は今一つ……しかし、これは。良いものがセールされてるじゃないか、フフフ。今日は宴《うたげ》だぜ。

「ね、ねえ！」

制服に着替《きが》えてきた小鳥遊が、隣《となり》の席から俺にギリギリ聞こえるくらい小さな声で話《はな》し掛《か》けてきた。何やら決意をした顔で、俺を見据《みす》えている。

「何か、私に……できることはない？」

「お返しか？」

「う、うん」

真剣《しんけん》な彼女を前に考える。そうだな、丁度いい。まさにいいタイミングだ。

お返しがしたいというのなら、手伝ってもらおう。

「それじゃ体を貸してくれ」

「うん。……え、ええっ⁉　そ、それは、その……⁉　ま、まだ早いというか……！」

何真っ赤になってんだこいつ。わたわたと手を動かす小鳥遊に、俺は思わず溜息を吐いた。

「何まごついてるんだ、早い方がいいだろ。なくなったらやだし。お前も経験しとけ」

「は、早いうちに経験しとく方が、いいの⁉」

「そりゃそうだろ。知ってるのと知ってないのとでは結構違うぞ」

特売なんて結構経験しないと目当ての物が確保できないからな。場数を踏《ふ》んでなんぼだ。

小鳥遊の瞳《ひとみ》は何だかぐるぐるしているようだったが、何も迷う必要はあるまい。

「まわりまわって、お前のためなんだぞ。いいよな、小鳥遊。まさか今更《いまさら》できないとか言うなよ？」

「で、で……でも、それって……それってぇ……⁉　ほ、ホテルとか、行くの？」

「何でホテルなんか行くんだよ。それよりもいい場所に決まってるだろ？」

「⁉　それって……それって、どういう……⁉」

「心配しなくても俺が全部教えてやるから、ちゃんとついて来いよ」

「え、う……っ……うん、わかった……」

そう言った小鳥遊の顔はなぜか真っ赤だった。熱でもあるのかこいつ。


自動で開閉する扉から、開いている時だけ流れてくる、ご機嫌《きげん》なＢＧＭ。建物の中は空調が効いており、暖気が流れていた。人の出入りは激しいが、行き交《か》う人々の表情は大変楽しそうである。

テンションが上がらないわけがないよな。こういう場所に俺達《おれたち》みたいな年頃《としごろ》のやつが出入りするなんて、珍《めずら》しいし。

「なぁ、テンション上がるよな！　小鳥遊！」

地域密着型スーパー、『ショウキョー』を目の前に、俺のテンションは上がっていた。

しかし、隣にいる小鳥遊の目は冷たい。なんて冷ややかなんだ。まるで俺が悪いやつみたいじゃないか。手伝ってくれるって言うから付いてきてもらったというのに。

「おっまえ、もっとテンション上げろよ！　お一人様一パック９７円の卵が二つも買えるんだぜ！　お前のおかげだ、ありがとう小鳥遊！」

感謝を伝えるが、やはり視線は冷たい。最大限の感謝を伝えているはずなのだけど。

なぜこんなにテンションが低いんだ。俺にはよく分からない。卵好きじゃないのか？

日本人なのに？　卵かけご飯、卵焼き、目玉焼き、好きじゃないのか？

ジト目で無言の抗議《こうぎ》を行う小鳥遊に、俺はやや困惑《こんわく》しながら問う。

「どうしたんだよ、小鳥遊。何が不満だ、スーパーの」

すると、彼女は顔を真っ赤にして叫んだ。

「ま、紛《まぎ》らわしいのよ！　か、体を貸すって、てっきり、そういう……」

「……？　まさかだけど、エロい方面で考えていたのか？」

どうやら当たりらしく、顔が更に赤くなっていく。いや、俺、別に紛らわしい言い方……してたかな。いや、してないと思うけど。

小鳥遊はこちらの胸倉《むなぐら》を掴まんばかりに近寄って、大きな声を出してくる。

「ど、ドキドキしてた私がバカみたいじゃない！」

「え、賢《かしこ》いと思ってたんだ」

思わず本音が出てしまった。

「むぁああああああ――――っ！」

駄々《だだ》っ子《こ》パンチが飛んでくる。

「こ、このぉぉぉ！　いて、あれ？　このぉぉぉ！　あ、いたっ、いてっ、痛い⁉」

鬱陶《うっとう》しいので相手の拳《こぶし》を弾《はじ》きつつ、カウンターで額を小突《こづ》きながらスーパーの中へ。

「おでこ痛い……なんで私がパンチしてたのに自分が痛くなってるの……？」

「悪い、脳細胞《のうさいぼう》刺激《しげき》したら少しはマシになるかと思って」

「百パーセント悪意しか感じないし！　謝って！」

「すまんすまん、でも暴力はやめろ、小鳥遊」

「何だろう。正しいんだけどなんか釈然《しゃくぜん》としない！」

不服そうな小鳥遊と、スーパーの中を一緒に歩く。

あまりこういうところへは来ないのか、不貞腐《ふてくさ》れるのも忘れ、小鳥遊は目を輝《かがや》かせて冷《れい》凍《とう》食品のコーナーに近寄っていく。いや、真っ先に行くのそこなのかよ。

「あ、ガリガリちゃんの新作！　買おうよ、ねえ！」

「お前なぁ、んな贅沢品《ぜいたくひん》はいらねーの。毎日三食、きっちり食えればいいんだ」

「えー？　私、お昼アイスだけとかあるよ？　こないだもゲームがいい感じだったからアイスでお昼を……」

「……うーん」

冗談抜《じょうだんぬ》きで小鳥遊が心配になってくる。成長期だというのに、そんなんでいいのか？身長伸《の》びないよ君。いや、栄養は胸にいってる感はあるけど口にしたら間違《まちが》いなくセクハラだ。俺は冷凍食品にはしゃぐ小鳥遊に軽くため息を吐きながら、覚悟《かくご》を決める。

「分かった、来れる時は昼も作るよ。だからそんな栄養のない食事しないでくれ」

「え⁉　ホント⁉　よくわかんないけどやったぁ！」

本当に仕方ない。マジで心配になるのだから。朝と晩でコントロールできる分で栄養を補うのだとしたら、かなりレパートリーが限られるし。ならもう、昼も加算した方が話は早い。

卵は無事に買えた。小鳥遊のお願いで炭酸飲料とアイスがちょっと予定外の出費だったが、食費も貰い過ぎているので、こうして還元《かんげん》していこう。

帰り道を歩く。川沿いの近道に行き、少し冷えた風が俺達の間を抜けていった。大きな川だよな、にしたって。昔はよくここで石を投げ、水切りをやったものだ。定番の散歩コースだが、今はまだ寒くて人通りもだいぶ少ない。

「……今日のご飯、何？」

「もうすき焼きしかないだろ。そろそろ白菜のシーズンも終わるし、やっぱ夜は寒いし、鍋物《なべもの》を堪能《たんのう》しなきゃだよな」

「すき焼き……食べたことない、ような。何か、知識では知ってるんだけど……」

「え、マジか」

どういうご家庭なんだ、すき焼き食べたことないって。

でもすき焼きの専門店というのも、この辺りではあまり見かけない気もする。豚骨《とんこつ》ラーメン、もつ鍋《なべ》、焼き鳥、というイメージだが、まぁ地方の飲食店は大体飲み屋だ。お洒落《しゃれ》な食事をする、となると都会の博多の方に行かなければバリエーションがない。

「よーし、国産牛切り落としもあるからな。白米がっつり消費するぞー！」

「ご飯に合うんだ！」

「甘辛《あまから》い肉を卵にくぐらせて、マイルドになった味の肉をご飯にバウンド……肉の旨味《うまみ》と甘辛さ、そして卵のまろやかさ……！　渾然一体となって、気づけばご飯が消えている」

「おお……！　美味《おい》しそう！」

「そうだろ。気合入れて作るからな！」

そんな話をしていると、向かう先の川沿いに見知った姿が見えた。詩織だ、離れていたってあの美少女は目立つ。見れば、何やら顔が深刻そう。川辺をみているが……。

思わず駆け寄る。

「詩織、どうした」

「あ、鏡夜君！　あ、あれ！」

詩織が指さす方を、俺と小鳥遊が見る。

——猫だ。大きな川の中洲に取り残されている。まだ子猫だ、泳げるのかは怪しいところ。

近くには親猫と思わしき大きめの猫がそちらを見つめていた。少し濡《ぬ》れている。多分、どこからか上がったんだろう。でも子猫は水が怖くて行けなかった、ってところか。

「いつからだ？」

「わ、わからない。けど、ほっとけないよ！」

確かに放ってはおけないが。

浅《あさ》く見えるけど、川は意外に深いものだ。身長の高い俺でも、胸までは浸《つ》かることを想定しておいた方がいい。今の時期、水温も低い。万一足でもつったら、絶対に溺《おぼ》れる。

と思ったら、足音。小鳥遊がどんどん子猫に向かって直進していく。躊躇《ためら》いもせずに、水の中に入る。ま、マジかよこいつ!?

「お、おい馬鹿！　戻れ！　俺が行くから！」

言うことを聞かずに、深い場所へと歩いて行く小鳥遊。慌てて追うが、意外にも小鳥遊は歩みが早い。

ふと、深い場所に足を踏み入れたか、やはり沈み、もがく小鳥遊。

急いで駆け寄る。てか水が冷たい。よく小鳥遊のやつ怯《ひる》みもせずに行けたなこれ。とりあえず、溺れかけていた彼女を掴んで、浅瀬に引き戻した。

「ぷはっ⁉　はぁ、はぁ……あ、あんた……⁉」

「ったく……川は浅そうに見えても抉《えぐ》れてたりとかで深い場所あんだよ。気を付けとけ」

小鳥遊には先に陸へ戻るように念を押して、俺はそのまま子猫の救出に向かう。足は付く。それでも、やはり胸のあたりまでは水に浸かった。

子猫を抱《かか》える。水気を嫌《いや》がったが、我慢《がまん》してもらわないと。そのまま川から脱出《だっしゅつ》し、子猫を乾《かわ》いた地面に降ろす。特にお礼もなく、親猫は子猫の首を噛《か》んで持ち上げ、ささっと走り去っていった。まぁ無事で何より。

しかし寒いなオイ……。それほどでもなかった風が今は痛いくらい冷たく感じる。

「鏡夜君！　ごめんね、大丈夫《だいじょうぶ》⁉」

「おー、平気平気」

急いで俺に駆け寄ってきた詩織がハンカチを取り出す。その背後でタオル片手に寒さでぶるぶる震《ふる》えている小鳥遊が目に入り、俺は思わず苦笑《くしょう》した。

「いや、俺はいいから小鳥遊のほう見てやってくれ」

「え？　あー、うん。わかった。ホントごめんね？」

俺の意図を察したらしい詩織はすぐに小鳥遊のもとへ戻り、今しがた取り出したハンカチを使って丁寧に水気を拭き取っていく。もっと恐縮《きょうしゅく》するかなと思ったが、意外にも小鳥遊は何も言わずに拭かれていた。俺も適当にブレザーを絞《しぼ》りつつ、二人へ近づく。

「鏡夜君、ホントに大丈夫⁉　胸辺りまで入ってたけど……」

「寒いけど問題ねえ。おい、小鳥遊。無事か？」

「う、うん」

「ありがとう、鏡夜君。小鳥遊さんも、ありがとう！」

お礼を言われた小鳥遊だったが、何か言いたそうだった。けれども、結局言葉にならない。そんな小鳥遊の態度に何を思ったのか、詩織が焦《あせ》ったように小鳥遊の顔を覗《のぞ》き込《こ》む。

「い、家から追加でタオルとか持ってこようか⁉」

「詩織、落ち着け。俺達、家近いからさ。ってあああ⁉」

放り出した荷物を見て、思わず頽《くずお》れた。卵崩壊《ほうかい》。数個は無事だが、何とも悲しい結果に終わってしまった。せっかく安かったのに……。

「ど、ドンマイ、鏡夜君」

「ま、まぁ、こっちは気にするな、詩織。猫が無事でよかった」

「うん。ありがとう、二人とも！　帰ったらお風呂《ふろ》入って暖かくしなきゃダメだよ？」

「分かった分かった。お前も早く行け。夜は冷えるぞ」

「あはは、ありがと。あ、えっと小鳥遊さん、今度絶対お礼するから！　また学校でね！」

詩織はこちらをしきりに心配しながら去っていった。

とりあえずエコバックを持ち上げ、小鳥遊に向き直る。

「行こうぜ」

「うん……」

帰り道の続きを歩み始める。冷たい風が吹《ふ》く。ここでブレザーでも差し出せばカッコいいのだろうけど、生憎俺《あいにくおれ》のもずぶぬれだしあんまり意味がない。

しばらく進んでいると、モヤモヤしていそうな小鳥遊の顔が気になってきた。

「なーに落ち込んでんだよ」

「……鴨田《かもだ》さんにお礼言われる資格、ないよ、私。だって、助けたの観音坂《かんのんざか》だし。……勝手に川に入って、忠告も聞かずに、結局溺れて……。卵まで、めちゃくちゃにしちゃったし……」

「まぁ、忠告は聞くべきだよな。卵なんていくらでも買えるけど、お前の命は買えないんだ」

「…………」

しゅんとする彼女だが、俺は続けた。

「でも、あそこですぐに行動できるのって、素直《すなお》にすげえって思った。普通《ふつう》ならまごつくし、最悪見てみぬふりだ。つか見てみぬふりが大多数だろ」

「何それ、絶対しない！」

怒声《どせい》が住宅街に響《ひび》く。そうか、それを怒《おこ》れるような奴なんだな。見てみぬふりはできない。それが許せない。心根は、とてもまっすぐで、純粋《じゅんすい》なんだ。こいつは。

ただの残念ボッチなんかじゃない。

いや残念な要素は多いが、ちゃんと尊敬できる部分も小鳥遊には多く備わっているんだ。

人見知りのコミュ障で不器用だけど、素直で純粋で努力家な小鳥遊。先日、ただの自己紹介《しょうかい》にああも真剣に葛藤《かっとう》していた彼女の姿を思い出し、俺は納得する。

だからこそ、こいつに友達がいないことが、凄《すご》く勿体《もったい》ないことのように感じた。そんなことを考えていたが、寒気が全身を伝う。思わず身震《みぶる》いした。

「ま、早く帰ろうぜ。俺風呂入ったら飯作りに行くから」

「うん」

河川敷《かせんしき》を抜けていく冷ややかな風の攻撃《こうげき》を受けながら、俺達は家路を早足で辿《たど》っていった。

その日の夕食。

無事だった卵は七個。たとえひとり三つ使っても一つ残るので、俺たちはすき焼きを決行した。

酒、醤油《しょうゆ》、砂糖、ミリンで味を付けた肉。白菜を入れ、エノキを入れ、糸こんにゃくを入れ、乾燥麩《かんそうふ》を入れ、舞茸《まいたけ》、白ネギも入れる。

おなじみの具材で行うすき焼きを、美味しそうに小鳥遊は頬張《ほおば》っていた。

「すき焼き、美味しいわね！」

「そうだな」

いつもは外国産の肉を使うのだが、今日は国産牛。美味《うま》い。白飯があっという間に消えていく。甘辛い匂《にお》いが漂《ただよ》う中、小鳥遊は口を開いた。

「ねえ、観音坂」

「ん？　どうした、小鳥遊」

「……絶対、恩は返すから！　今日の分も、今までの分も！　ちゃんと、返すからね！」

その言葉に、俺は思わず微笑みを浮《う》かべていた。

俺がお返しを忘れない性質だから、多分だけど、仲間が見つかったみたいで嬉しいんだと思う。

「な、何で笑ってるの？」

「いや。……ほどほどに期待しとくよ、小鳥遊」

肉を追加しつつ、俺は心のどこかにそれを留《とど》めておいた。

四話■ポンコツロースペック

怒涛《どとう》の一週間が終わり、気が付けば学校が始まってから最初の土曜日になっていた。

土曜日は何かしらイベントがない限りは休日。昼食作りで家事が一段落したので、小鳥遊《たかなし》家のリビングの机を借りて、自前のノートパソコンで家計簿《かけいぼ》を付けていく。

……いい感じに節約できている。初動で調味料一式をそろえるのに散財気味だったが、ああいうのは結構長く持つ。小鳥遊も女子にしては食べる方だが常識の範囲内《はんいない》な食欲なので、ここ一週間でだいたいの消費感覚は掴めた。

というか、食費は俺と小鳥遊、二人で七万円出してくれてるけど、多過ぎるんだよなあ。

やりくりして、余った分を何かに回そう。二人での急な外出とか、娯楽費的な使い方というのも悪くはないかもしれない。いや、もしかしたらそういう外出とかを見越《みこ》して、多く振《ふ》り込んでくれているのかも。このお金で遊びなさいと言われたら、俺は間違いなく遠慮する。それすら見越しているのかな。さすがに考えすぎか。

「ねーねー、何してるの？　宿題？」

珍しいな、小鳥遊から話しかけてくるのは。振り向くことなく、画面を見る。

「似たようなもんだ」

適当に返しながら、表計算ソフトに数字を打ち込んでいく。家計簿のテンプレート、本当に助かる。配布してる人達《たち》には足を向けて寝《ね》られない。

「ちゃんと教えてよー」

入力し終えたので、手でパソコンの画面を覗くよう促《うなが》す。

ジェスチャーに応え、覗き込んだ彼女は目を丸くしながら、首を傾《かし》げていた。

「なにこれ。食費……？」

「本来、家賃や光熱費も入れるんだけど、そこらへんは親御《おやご》さんの口座から引かれてるみたいだからな、入れてない。これは、家計簿だ。こっちが、俺の家のやつ」

出してみるが、やはりというか。小鳥遊は首を逆方向に傾ける。

「これ、何か意味あるの？」

「出ていく金額と入ってくる金額を書くことで、どれだけ使ったか、どれだけ節約を頑張《がんば》んなきゃいけないのかが分かるんだよ。金が浮けばそれだけ贅沢《ぜいたく》できるからな」

「いちいち出ていくお金を計算して、何になるの？」

「戒《いまし》めになるし、ちょっと金使い過ぎかな、とか。これからの買い物の指標になる。こういうのは細かく付けるのが大事なんだ。節約のモチベーションをあげて、目標をだな……」

「なんか将来禿《は》げそうよねぇ……」

多分、こいつ脳内で考えずに口にしている。つまるところ、率直《そっちょく》な感想。だからイラっとするのだ。

気付けば、思いっきり彼女の頬《ほお》を引っ張っていた。

「いひゃいいひゃい……！　じょ、冗談《じょうだん》じゃない！」

「笑えないんだよ、それ素直な感想だろ」

「うん。……いひゃいいひゃい⁉」

柔《やわ》らかくすべすべでモチモチな肌《はだ》から手を放す。ちょっと触《さわ》ったことのない手触《てざわ》りに驚《おどろ》いた。頬を押さえて、少し涙目《なみだめ》になりながら小鳥遊はこちらを睨《にら》む。

「女の子に触るのって、結構ハードル高いと思うんだけど」

女の子。……女の子ねぇ。目の前の小鳥遊は確かに女子だ。女子、なのだが。

「お前をそのカテゴリには入れてない。忌憚《きたん》なく言えば、手のかかる子供だ」

「こ、子供ぉ⁉　……ふっふーん、いいんだ。そんなこと言って」

ニヤニヤしながら、小鳥遊はブラウスのボタンをはずし始めた。大きな胸が主張し、谷間が見えていた。ハリのある白い肌が眩《まぶ》しい。腕組《うでぐ》みをするせいで、余計に大きな胸が零れんばかりに強調される。

「どう？　これでも女扱《あつか》いしないの？」

「この栄養が頭にもいってればなぁ……」

「何でよぉぉぉぉ――――っ!!」

力強く揺《ゆ》すられる。いや、ドキドキはしているんだけど。今も揺すっていると胸が揺れてるのが気になるんだけど。何か、反応したら負けな気がする。でも覗き見てしまう。

煩悩《ぼんのう》と彼女の手を振り払い、とりあえずノートパソコンを畳《たた》む。

「んで、何か用なのか？」

それでも消しきれないドキドキを悟《さと》られぬために、ゆっくりと言葉を吐き出す。

そう、食事以外は滅多《めった》に話しかけてこないのに、珍しいと思う。物言いはなんだか遠慮《えんりょ》ないし、俺相手では口ごもらなくなったので親しく見えるが、こいつそこそこ警戒はしてたんだが。彼女は笑《え》みを浮かべながら人差し指を突き出してきた。

「ゲームしましょ！」

ゲームか。なるほど、確かに顔を合わせてやるゲームは数倍楽しいもんな。

ろうか。

ゲームかぁ。久々だ。よくトシにゲーセンに誘《さそ》われるが、どんなゲームが出てくるんだ
「おう」

「待ってて！」

彼女は勢いよくリビングの外に向かった。恐《おそ》らく自室へだろう。

「オーケー」

「お待たせ！」
自室から小鳥遊が戻《もど》って来た。据《す》え置きゲーム機とコントローラーが二つ出現。そうい
やこいつの部屋にはゲームがたくさんあったな。多分好きなんだろう。にしたって、ゲー
ム機なんて、ガキの頃《ころ》以来だな……。
「レースゲームしましょ、まず！　カリオカート！」
「ああ、これか」
有名キャラ、カリオのレースゲームだ。大衆向け、その中でもとりわけ子供向けだが、
大会が催《もよお》されるほど人気。初心者から腕《うで》を極めた連中もいて、ネット対戦では腕前が似た
やつと当たるような仕組みらしい。
ゲーム画面でキャラクターやマシンをチョイス。よく遊んでいるのか、メチャクチャ豊

富な種類があった。

彼女は初速こそ出ないが後半で最高速が狙《ねら》える、扱いにくそうな重量カスタム。

対して俺は、加速とハンドリングに優《すぐ》れた、操作しやすそうな軽量カスタムを設定。

「負けないわよー！」

「そら俺このゲーム、実況《じっきょう》動画とかは見たことあるけどプレイ自体は初めてだし。えっと……」

なるほど、アクセル、ブレーキ……子供用なだけあって、取っつきやすい操作で助かる。

ゴー、とスタートダッシュを決めた小鳥遊を、俺は追っていく。

「ふふふっ、これで完璧《かんぺき》！　万一、トップに流れ星が来たとしても、破壊《はかい》できる！」

流れ星、というのはトップめがけて路上の敵を蹴《け》散《ち》らしつつホーミングし、必中すると いう特性を持った妨害《ぼうがい》アイテムだ。破壊は、特殊《とくしゅ》アイテムの波動を発動させないと厳しい。

小鳥遊が持っているアイテムは波動だった。トップで、波動持ち。多分だけど、独走だと思う。

それに、対戦を挑《いど》んでくるだけあって、小鳥遊はこのゲームが普通に上手《うま》い。スタートダッシュの差もあって、結構離《はな》される。しかし、俺もダッシュアイテムを引きまくり、致《ち》命的《めいてき》な差にはなっていない。ここから巻き返すことも十分可能だろう。

勝負は先にコースを二周した方が勝ち。コースはぐるりと一周するオーソドックタイプ。レースは佳境《かきょう》に入る。俺がやや離れたトップを追いかける展開。二周目の後半に差し掛かるが――

「あ」

三連ホーミングミサイルを拾った。

「えっ⁉」

一発撃《う》つと、小鳥遊は防御《ぼうぎょ》。しかしアイテムは使い捨て。波動はもうない。それに、アイテム補給所も、もうない。

時間差で二発ミサイルを放つ。ぶっ飛ぶ小鳥遊のキャラ。続けざまに真上にぶっ飛んで、俺のキャラが悠々《ゆうゆう》と小鳥遊のキャラを抜いてゴールを決めた。

唖然《あぜん》としていた小鳥遊だったが、何故か不服そうに頬を膨《ふく》らませる。どちらかと言えば幼い印象の小鳥遊が、余計幼く見える。

「鬼《おに》！　悪魔《あくま》！　何かの間違いよ！」

「鬼って、お前なあ……こういうゲームだろ」

「あんなところで三連ホーミングなんてずるいわよ！」

「順位をごっちゃにするために、下位の奴《やつ》にはいいアイテム出やすいんだよ、こういうゲームは」

「も、もう一回！」

「はいはい」

もう一度、対戦する。

今度は俺を先行させている。後ろから叩《たた》こうという腹だろう。

しかし。最後のアイテム補給所で出たのは——

「は、はぁぁ⁉　いがぐり⁉」

踏むと少し遅《おそ》くなる、設置型の罠《わな》、いがぐり。いわゆる外れだ。

俺が前にいる上に最終ラップ——つまり二周目ならマジで無意味。急ぐ小鳥遊だが、俺は既《すで》に逃《に》げ切っていた。

その後も、対戦を重ねていたが、大体小鳥遊がポカをするか運が悪いかで俺に勝てず、十戦十敗という、持ち主としては屈辱的《くつじょくてき》であろう結果に終わってしまった。

「…………」

「…………」

「………………………ぐすっ」

泣いちゃうのか。いや分からんでもないけどそんなにショックなのか……？

「泣くなよ……べ、別のゲームしようぜ？」

「あ、じゃあこれやろう！」

立ち直り早っ！　心配してたのが何だか少しアホらしくなる切り替《か》えの早さだ。

しかも、選んだの格ゲーだし。ギルドギアという、昔から続くシリーズもの。その七作目。滑《なめ》らかなアニメーションでの戦闘《せんとう》モーションや演出が評価されている最新作。

めちゃくちゃなチョイスだよな。格ゲーというのはコンボを覚える作業から始まり、相手の技に反応する反射神経トレーニングと咄嗟《とっさ》に技が出せるように反復練習を延々と繰《く》り返して強くなっていくゲームなのだから。初見のやつにやらせるゲームではない。

……本来なら、だけど。

俺、このゲームはゲーセンでやり込みまくってる。操作説明を読ませてもらうと、そんなに工夫《くふう》しなくても直感で大丈夫そうだ。

「さぁ、行くわよ！」

リーチの長いメカキャラを使う小鳥遊。俺はずっと使っていた、小さな女の子のキャラを使う。

「ぷぷぷ、素人《しろうと》ね！　リーチが違うわよ、リーチが！」

「ほーん」

ファイトが始まった。

小鳥遊のキャラの通常攻撃をスライディング下攻撃でかわしながら攻撃し、そこを起点にコンボを繋《つな》げる。上へ投げ、空中コンボを決め、起き上がりざまに必殺《ひっさつ》技を放つ。

相手の体力が必殺技を受けて底をつく時の、特殊な演出。でっかい斧《おの》で相手をぶっ飛ばすアニメが挟《はさ》まる。こちらの体力ゲージはＭＡＸ。ノーダメージで勝ってしまった。パーフェクトの文字が出て、可愛《かわい》らしいキャラが飛び上がって喜んでいた。

「え……？」

小鳥遊は目の前の出来事を受け入れきれてないのか、目をぱちくりさせ、再びコントローラーを握《にぎ》った。

「ふ、フン！　初心者にしてはやるじゃない！　でも、今のは油断しただけ！」

「いや、俺初心者じゃ……」

「行くわよ！」

ラウンドツー。同じような光景をさっき見た。それほど再現度の高いリプレイで、今度は必殺技を使わずコンボだけで相手の体力を全部持っていく。鮮《あざ》やかな十割コンボを決められ、小鳥遊はまたもや口が開きっぱなしになっていた。

「…………え？」

「俺、このゲームはやり込んでるんだよ、ゲーセンでだけど」

「ま、まぁ、今のは持ちキャラじゃないし！」

「……お、おう」

いや、このゲーム、確かに苦手キャラはいるが、それであっても勝てるように訓練してあるし。

というか、今のキャラが一番使ってほしくないキャラだったんだが。他は楽だ。

つまり――

「…………」

「…………」

「……………………ぐすっ、ひっく」

「いやだから、泣くなよ」

十戦して十戦勝利してしまった。少しダメージを喰《く》らう場面もあったが、基本的にワンラウンドもこちらがやられることはなかった。

涙《なみだ》を拭《ぬぐ》い、悔《くや》しそうに小鳥遊は呻《うめ》く。

「これは心の汗《あせ》よ……！」

「いやにしたって溢《あふ》れすぎだろ。心の新陳代謝《しんちんたいしゃ》半端《はんぱ》ねえな」

ゲームを変えよう、と提案すると、部屋に戻る小鳥遊。拗《す》ねたか？　と思ったら、最新携帯《けいたい》ゲーム機の初期型を持ってきた。本人も最新ゲーム機の新型（初期型、新型とはいえ、何で同じ機種二つも持ってんだろう）の、画面を見せてくる。

表示されているタイトルは、わちゃっとモンスター。縮めてわちゃモン。

毎年映画も出るほどの人気作品だ。ゲームも面白《おもしろ》いが、アニメもブームの火付け役となり、今や様々なメディアで展開されている。

「これで対戦しましょ！」

「いや、これまずわちゃモン捕《つか》まえなきゃいけないじゃん。時間かかるぞ」

「貸してあげる。ゲーム機は二台あるし、ソフトも二つあるから。明日戦いましょ！」

何でソフトまで二つ、と思ったが、バージョンが微妙《びみょう》に違《ちが》うようだった。どちらもないと、わちゃモン図鑑《ずかん》が埋まらず、完璧にクリア、とはならない仕様は変わらずか。

明日は日曜日。まぁ、久々にゲームに没頭《ぼっとう》するのもいいかな。わちゃモンを触るの久々だけど、最新作も気になってたし。

しかし、今更ながら疑問に思う。どうして俺をゲームに誘ったんだろうか。

「今更だけどさ、いきなり一緒《いっしょ》に遊ぼうなんて。どうしたんだよ、珍しい」

直接訊ねてみると、不安な顔をする小鳥遊。

「も、もしかして、嫌だった？　め、迷惑《めいわく》だった？」

「いや、んなこたないけど。気になったから」

小鳥遊は腰《こし》に手を当ててふんぞり返る。

「いや、お世話になってるし。あ、遊んであげようと思って！」

「……本当は？」

振ってみると、

「あんたのこと、もっと知りたかったの」

意外にもしおらしい声が返ってきた。偉《えら》そうな態度は消え失《う》せ、少し恥《は》ずかしそうにしている。

俺のことが知りたい、か。それはいい変化なのだろうと思う。

でも、急にまた……。

「なんでだ？」

そう言うと、更《さら》に顔を赤くして、小鳥遊はそっぽを向いた。

「いいから、早く育ててきなさいよ！　ま、また夜にね！」

部屋に戻っていった小鳥遊。どういうことだ？　何でそっぽを向く。なんで赤い顔なんかしてたんだ？　照れたのか？

「女子はよく分からん」

一人になったリビングでそう独《ひと》り言ち、とりあえず携帯ゲーム機を起動。クリアに向けて、第一歩を踏《ふ》み出すべく、設定をしていくのだった。

明日は勝てるといいな、小鳥遊。

まぁ、俺は恐らくストーリークリア時のパーティのまま挑むだろうから、厳選しているだろう小鳥遊は多分勝てるはずだと思う。

翌日の昼下がり。天気は曇《くも》りだったが、特に雨もぱらつくことはないとお天気お姉さんも言っていたので信じることにした。証拠《しょうこ》に、洗濯物《せんたくもの》はベランダではためいている。

さて、ゲームの話に戻る。一応、わちゃモンは全部クリアできた。一日でやったから至らない部分も多々あるだろうけど。てか夜更《よふ》かししたのでちょっと眠《ねむ》い。

わちゃモンは基本的に属性弱点を突《つ》き合うゲームだ。そして火力が高ければ高いほど脅威《きょうい》であることは間違いない。

だが、俺は火力でゴリ押《お》し、というスタイルのわちゃモンはあんまり採用しない。防御を展開し、搦手《からめて》で自滅《じめつ》を狙ったり、道連れをしたりとか。そういう立ち回りのわちゃモンが多い。性格というか、癖《くせ》のようなものだ。攻撃するまでもなく自滅してくれるならそっちの方がいい。

小鳥遊とのバトルは、なんというか……。ＣＰＵより読みやすいというか。

只今《ただいま》、小鳥遊家のリビングで向かい合い、戦闘の真っ最中。

「ふふん、攻撃力《こうげきりょく》二段階　上昇《じょうしょう》のこいつなら……！」

「ごめん」

最強と呼ばれる能力値を誇《ほこ》る小鳥遊のエースに対し。

相手が物理ダメージを与《あた》えると相手自身が傷つくアイテムを持っている、壁役《かべやく》に特化したわちゃモンにチェンジ。

攻撃力分のダメージが来るので、小鳥遊のわちゃモンの体力は一撃《いちげき》でかなり持っていかれる。挙句に、連続《れんぞく》技なんて選んだから、四回の攻撃分が返ってきて、あっさりとそいつは死んだ。

「え……!? ら、ラスト一匹《ぴき》！」

「吸収シード」

この技は相手の体力を徐々《じょじょ》に吸っていく。十六分の一ずつ吸っていくので、後は――

「ひ、必殺の獄炎波《ごくえんぱ》！」

「鉄壁守護《てっぺき》」

相手の攻撃を無効にする技を繰り出し、大技をいなす。

相手は技の反動で一ターン攻撃できないので、毒を撒《ま》く。次のターンに鉄壁守護を再び。

毒と吸収シードでもりもり削《けず》っていき、結局勝ってしまった。

「い、陰険《いんけん》すぎる……！　男なら正々堂々と火力で勝負しなさいよ！」

「お前搦手に対してあまりにも無力すぎるだろ……」

小鳥遊はステータスの高いわちゃモンでゴリ押ししてやろう感が半端《はんぱ》ない。普通に伝説のわちゃモンとか手持ちにいるし。

しかし、こちらも完璧に厳選できていない。それでも道連れにして引き分けが二回。小鳥遊の負けが八回。

「………………」

「………………」

「も、もうゲームなんてやらない……！」

泣いちゃった。いや、引き分けも挟んでるしそんなに絶望しなくても。さすがに本気でやりすぎたかもしれない。

「なんかごめん……手加減しようか？」

「いい、観音坂《かんのんざか》。勝負ってのはね……！　全力で向かってこられないと、お、面白くないもん……！」

もんって……。めんどくさいが、そうだな。俺《おれ》がバレないように手加減すればいいんだし。うん、それがいいや。泣かれるよりは。

「昨日のレースゲーム、もう一回やろうぜ」

「え……？」

悲しむ彼女《かのじょ》がセッティング。再びレースが始まる。マシンは昨日と全く同じにしておいた。

スピードアップアイテムやらを気づかれない程度にとり逃《のが》し、徐々に距離を空けていく。バレないように手を抜《ぬ》き、小鳥遊は、ようやく一勝をもぎ取った。

「……勝った……？　勝ったの？」

「ああ、負けたよ。さすがだな、小鳥遊」

「か……か……！　勝ったぁぁぁぁ！　うぁぁぁぁぁ〜〜〜〜っ！」

飛び上がって喜ぶ小鳥遊。

「勝ったよぉぉぉぉ〜〜〜〜！　あの陰険観音坂に勝ったよぉぉぉぉ〜〜〜〜っ！　ぐすっ、ずずっ……！」

こいつ、勝っても泣くのかよ……めんどくさい。

でも、そうやって素直に勝利を喜べるのは、とても純粋な証拠だ。笑っている顔が、なんだか綺麗《きれい》に見える。

涙を拭い、小鳥遊は得意そうに大きな胸をそらした。

「ふっふーん、まぁ、私が本気を出せばこんなもんよねー！　まぁ、片手でも余裕《よゆう》でぶっちぎれるんですけどねウヒャヒャ！」

「………………」

こいつは。

「もう一回やろうぜ、小鳥遊」

「いいわよ？　このトップゲーマーが最強ってものを教えてあげる！」

もう手加減すんのはやめよう。すっげームカつくし。

その後、十回行い、十回ともぶっちぎって勝利を収めた俺に、小鳥遊はまた泣きながらこちらを揺すって来た。

「インチキよインチキ！　次はそのマシンにするもん！　そうしたら上手い私が勝つはずだし！」

「はいはい、そうだといいな」

小鳥遊は非常にめんどくさいけど。こうして、二人で感情をむき出しにしながら遊ぶ時間は、非常に早く流れていき。

割合、楽しい時間だったな。と本気で悔しがる小鳥遊を眺《なが》めながらそう思うのだった。

五話■アザフレ～Other to Friend～

休日明けの憂鬱《ゆううつ》な月曜日の学業をこなし、ようやく放課後になった。

日が傾《かたむ》いている。夕暮れの教室内で夕焼けから連想すると夕飯になるという、なんとも高校生らしい即物的《そくぶってき》な思考をする。我ながら単純連想が過ぎる。でもまあ、男子高校生というのは、大体お腹《なか》が空《す》いているものだ。女子高校生がどうかまでは知らないが、少なくとも俺は、今もそれなりにお腹が空いていた。昼はちゃんと食べてるんだが、こればっかりはどうしようもない。

ここで好きなものを食べようとすると、まぁ俺達《たち》みたいな年頃《としごろ》ならファミレスに行くとか、そんなもんだろう。それでも学生であるなら金が厳しいし、食べたいと思った時点で家にいるのなら外出もしなければならない。それはとても手間だ。

しかし、料理という趣味《しゅみ》を持っていれば、別の選択肢《せんたくし》が生じる。

好きなものを食べたい時、結構融通《ゆうずう》が利《き》くのだ。腕《うで》があれば、味も店と同格くらいにはなるし。やりがいがある。

しかし、俺が好き勝手に作るのもよろしくない。理由は、毎日一緒に食べる奴のことも考えなければならないからだ。

つまり、小鳥遊《たかなし》の好みも考えに含《ふく》まれていなければならない。

現在小鳥遊家の献立《こんだて》を一手に引き受けていることから、どういう時期にどういうものが食べたくなるかはある程度予想ができる。今日は肉を食べたい日だろう。魚とか、加工肉——ベーコンやらウィンナーやらが続いていた。そろそろ、ガッツリした肉料理を食べたくなってくるはず。

小鳥遊にスマホでメッセージを飛ばす。

『今日の夕飯リクエスト。肉系食べたいだろ？』

小鳥遊を見れば、驚いてこちらを見ていた。ちなみに、何でメッセージでやり取りしているかと言うと……学校で話しかけられるのが苦手な様子だったので、俺なりの気遣《きづか》いだ。

『エスパーなの、あんた⁉　お肉食べたい！　ハンバーグがいい！』

『了解《りょうかい》。和風？　デミグラス？　チーズイン？　ハンバーグシチュー？』

『ハンバーグシチューチーズイン特大！』

『カロリーよ。もう少しバランスを考えろ』

『そこらへんも考えるのがお手伝いさんよ！』

『お手伝いさんに管理栄養士の資格がいるとは驚いたよ』

『え、資格ないの？　あんなに料理上手なのに？』

『いや、俺まだ高校生だし。そもそも料理上手なら調理師のほうが近いだろ』

『どう違うの？』

『栄養とかバランスを考えるのが管理栄養士、調理をするのが調理師。どっちも資格がいるんだぞ。つかどっちも、普通の私立校に通う高校生がちゃちゃっと勉強して取れるような楽な資格じゃねーし』

『てっきりプロだと思ってた』

『プロじゃねーから。いずれ資格は取りたいけど』

ハンバーグシチューねえ。他の具は何にしようか。ブロッコリーは決定、人参《にんじん》と玉ねぎは必須《ひっす》として……レンコンでも入れてみるか？　じゃがいもはマッシュして牛乳と片栗粉《かたくりこ》で固めて芋餅《いももち》みたいにしてバターで焼いて添《そ》え物《もの》にするか。

彩《いろど》りは問題なさそう。問題はブラウンシチューかホワイトシチューか。ホワイトシチューの中に入れてもいいんだけど、やはり色味と肉の脂《あぶら》が気になる。ブラウンシチューが無難だろう。

と決まれば、後はパンと食べるか、それとも白飯で行くかを選ぶだけだ。サラダは千切りキャベツとトマト、キュウリでいいかな。

パンにするならバゲットが欲《ほ》しいなあ。少し焼いて作り置きのガーリックハーブバターを塗《ぬ》れば、もうそれだけで食べれる。シチューと合わせるとたまらない。

そんなことを考えていると、

「ちょっす、鏡夜《きょうや》。今暇《ひま》？」

そんな軽い声を掛《か》けられた。トシだ。軽音楽部にいつもなら行くはずだが。

「今は暇だよ、トシ。どうしたんだ？　またゲーセンか？　それとも女の話？」

「ちっげーよ。てか、オレその二択《たく》しかないの!?　いや、まぁ、だいたいその話しかしてない気もするなぁ……ってそれはどうでもいいや」

本当にどうでもいいらしく、改めてこちらを覗《のぞ》き込《こ》んでくる。興味津々《きょうみしんしん》という顔をしていた。親しみは感じるが、野郎《やろう》の顔が近づいても全く嬉《うれ》しくない。

「なあなあ！　最近小鳥遊さんと仲いいじゃん！」

「……そうか？」

確かに、傍目に見ればそうかもしれない。というか、小鳥遊とまともに接点があるのって俺くらいだし。それで親しく見えたってことなんだろうか。

首を傾げる俺にトシがさらに接近しながら、耳打ちするように続ける。

「いやだってさ。今もほら、小鳥遊さんお前のこと気にしてるじゃん？」

「え？」

トシの言葉で小鳥遊のほうを見れば、向こうもこちらを窺《うかが》っていたらしく、

「っ⁉」

大げさに驚いていた。しかし次の瞬間《しゅんかん》には何事もなかったかのように小鳥遊はスマホへ目を落とし、いつもの無表情に戻っている。

「な？　どうなのかなーって思って」

今の一連の流れを見ていただろうトシのニヤケ面にイラっとしつつも、俺は会話を続けた。

「どうって？」

「彼氏《かれし》彼女《かのじょ》の関係だったり？」

小鳥遊と？　俺が？

「そりゃねーな」

残念ながらそんなピンクな関係にはなっていない。確かにこの土日、ゲームを通してかなり距離は近くなった気がするが。

「んだよ、ないのかよー。冗談でも匂《にお》わせコメントくらいできなきゃ芸能界干されるぞ?」

「ガッツリ炎上《えんじょう》しそうだが。あいつとは普通《ふつう》に友達なだけ」

「友達?」

「そ。友達だ」

言われ、俺と小鳥遊の距離を再計算。うん、間違《まちが》いない。俺と小鳥遊は、
ガタン、と小鳥遊が立ち上がっていた。真っ赤な顔が見え、意外そうな表情を浮《う》かべている。と思ったら、鞄《かばん》を持って出ていってしまう。トシは気まずそうに苦笑いしていた。

「あり、聞こえてたかな。でも、あれ。聞こえて困るようなこと、話してたっけ……オレら」

「いいや」

「だよなぁ。行動にも謎《なぞ》が……ふう、さすが謎多き美少女だぜ……」

これまた謎の感心をするトシに、俺は肩《かた》を竦《すく》めた。小鳥遊の中身を知ったらきっとがっかりするよなぁ、これ。謎は謎のままこそが美しい。

それはさておき、と言わんばかりに、トシはまた顔を近づけてきた。目が輝《かがや》いている。

「オレ今日軽音楽部休みなんだわ！　ゲーセン行こうぜ！」

「やっぱゲーセンじゃねえかよ」

「まま、いーじゃんか。オレ達の対戦はもう数えるのもアホらしいほどやってきてるけどさ、今日こそ勝ち越《こ》させてもらうぜ！」

一人乗り気なところ悪いが、ゲーセンに行く気は毛頭なかった。

「わり、今日は用事があるんだよ」

「お前暇っつったじゃんか！」

「『今は』とも付けてただろ。今日は野菜の袋詰《ふくろづ》めに行くんだよ。お一人様三百円でビニール袋に野菜詰め放題なんだぜ、行くしかねえ」

「やっぱりお前はオカンと呼ばれるにふさわしいやつだよ。まぁいいや。また今度行こうぜ、鏡夜。その時が、お前の命日さ」

決め顔をするトシに、俺は呆《あき》れ交じりのため息を吐《つ》く。

「そっちこそ、いつかの日みたいに負けて逆ギレすんなよ？」

「ううっ、古い話を覚えてらっしゃるのねー！」

よく分からないテンションでトシは去って行った。俺も袋詰めに行こうかな。

立ち上がろうとした瞬間——

「ねえねえ、オカン」

「うおっ、タミか。ビビるから気配消して背後に立つのやめろ」

「別に消してないけどー……」

ビビって腰抜《こしぬ》かしそうになった。背後から声かけられたら普通に驚く。

いつもは視界に入っているので驚かないのだが、今日に限って後ろにいるし。

タミはなぜか期待している顔を向けてきた。具体的には、目を輝かせている。

「袋詰め、お菓子《かし》もある？」

「いや、お菓子はない。野菜だけ」

それを聞いて、彼女はあからさまにしょんぼりしている。

「お菓子もやってくれたらいいのになー」

「そうだな。あ、これ要《い》るか？　商店街でくじ引いたら当たった棒付き飴《あめ》セット」

「もらうー。さすがオカン、飴ちゃんも完備なんて」

「だからオカン言うんじゃねえよ」

十本のうち、三本包装を破って一度に口に入れ、タミは何とも言えない、といったような表情を浮かべる。

「……んん、パイナップル味、きな粉餅《もち》味、チョコ味、いっぺんに食べるとビミョー」

そら微妙だろうよ。せめて選んで口に入れろよ。

それでもタミは嬉しそうに微笑《ほほえ》んでいた。顔が赤く見えたけど、夕日のせいだろう。

「さっき見てたけど、オカンって小鳥遊さんと友達だったんだねー」

「あ？　あー、まぁそうだな。俺はそう思ってるけど」

トシといいタミといい、今日は小鳥遊との関係についてよく聞かれる日だ。

「いいなー。私も小鳥遊さんと友達になりたいなー。オカンはどうやって仲良くなったのー？」

非常に答えづらい質問を投げかけてくるタミに、俺は少し頭を働かせて、

「こないだの体育用具片付けた時に、ちょっとな」

と、お茶を濁《にご》した。実際は三食面倒《めんどう》を見て土日にゲーム三昧《ざんまい》したからだが、説明が面倒くさすぎる。

「まぁきっかけがあれば仲良くなれるだろ。特にタミなら絶対」

俺が確信をもって言えば、タミはちょっと驚《おどろ》いたような顔をした後で、またほんわか笑っていた。

「ありがと、オカン。愛してるー」

「アホ言ってないで帰れ。転ぶなよ、喉《のど》に棒突き刺《さ》さったら危ないから」

「うん。じゃーねー。葵《あおい》が待ってるからー、ちょっと急ぐねぇ」

のんびりと手を振《ふ》りながら小走り（遅い）で去って行くタミを見送り、俺も下駄箱《げたばこ》へ歩

いて行く。

ん？　小鳥遊が下駄箱の前にいる。俺を見ていたが、とりあえず片手をあげて話しかけることにする。

「よう、小鳥遊。あ、そうだ。お前もスーパーで袋詰めやってくれ！　お一人様一袋までなんだよ。お菓子買ってやるから」

小鳥遊は、こくん、と頷《うなず》いて、靴《くつ》に履《は》き替えている。

うーん、とことん無言だな。この土日でだいぶ話すようになった気がするんだが、これじゃ一年の時に逆戻《ぎゃくもど》りな感じがする。

それでも嫌《いや》がる様子はないし、俺が歩き出せばちゃんとついてきている。なぜか横には頑《かたく》なに並ぼうとしないが。

そんな風に俺の後をついてくる小鳥遊の顔がさっきからずっと赤いのも非常に気になる。トシとの会話の時も赤かったたし。そんなに変なこと言ったかな。

いつもならお菓子買ってやるよ、という言葉に「子ども扱《あつか》いしないで！」というツッコミが入ってしかるべきなんだが。

小鳥遊にしおらしくされると調子が狂《くる》う。俺は既に一年の時の小鳥遊ではなく、ここ一週間一緒に過ごした小鳥遊のほうがしっくりきてしまっていた。

だからこそ、学校でも家くらいの距離感で接することが出来れば楽なんだが。

やがてスーパーが見えて、主婦に負けじと並んでから、袋詰めを開始する。

メインはじゃがいも、人参、玉ねぎだ。大きいものを詰《つ》めて、隙間《すきま》に細い芋《いも》を詰める。

他にブロッコリーやピーマンなどがあったが、俺はこの三つに絞《しぼ》ってとにかくパンパンにした。

小鳥遊も無言で野菜を詰めている。俺が選ばなかったピーマンやらトマトを入れていく。

「おい、小鳥遊。トマトは上の方に。潰《つぶ》れちまう」

やはり何も言わずに頷いて、袋詰め続行。

いい買い物ができた。しばらく野菜には困らない。二人分でこの量なら、少し安心感がある。ちなみに、小鳥遊がご褒美《ほうび》に選んだのは、ポテチだった。

エコバッグを手に、俺の足取りは軽い。それでも歩調は小鳥遊に合わせている。

しばらく歩いていると、

「あ、あの……」

絞り出すような声で、小鳥遊はこちらに話しかけてきた。

すっかり日が落ち、街灯の明かりに照らされた小鳥遊の顔は、それでもやはり赤いままだった。

言われ、思い出す。そう言えば確かに、小鳥遊との関係は友達だとトシの前で明言していた。それを意識していたのか。友達と言う単語は、小鳥遊の中では特別なんだろう。

「俺は、そのつもりだったけどな。嫌なら、明日トシには説明するよ」

言うと、信じられない、と言うような表情に変わり、そこから口角が上がって、ニヤニヤするようになった。

「しょ、しょうがないなあ！　友達になってあげる！」

言葉とは裏腹に、手を差し出してくる小鳥遊はものすごく嬉しそうだが……。何でこう、上から目線なんだろうなあ。友達になりたいなら素直《すなお》にそう言えばいいのに。

俺も手を差し出す。手を繋ぐ瞬間、俺は中指で小鳥遊の手のひらを押した。

「拒否《きよひ》」

「…………」

ぽかん、とロクにリアクションができない小鳥遊に、かなり焦《あせ》ってしまう。

「いや、冗談《じょうだん》だぞ小鳥遊。真に受けるなよ？」

「そ、それ、拒否って言うの⁉　何か友達っぽい！」

ええええ……。目をすっげえキラキラさせてるよこの子。なんだかこいつの感性が少し心

「友達、なの？　私達」

配だ。でも本人は、ものすごく嬉しそうだし……。ちょっとだけ罪悪感が湧《わ》く。

「え、えへへ……友達……夢にまで見た、友達がついに……！　ふへ、ふへへへ……！」

まるで親戚《しんせき》にお年玉でも貰《もら》ったかのようなリアクションに、少し俺は引いていた。何もそこまで……。

「そんなに嬉しいのか？」

「だ……だってぇ！」

堪《こら》えていたらしく、ぶわっと涙が溢れてあっという間に泣き出す始末。

「話しかけられても、ぐすっ……噛《か》んで、緊張《きんちょう》して、なんか冷たく返すことしかできなくて……！　話だって、下手くそだし……！　小学校の頃《ころ》だって女子のグループに交ぜてもらっても、自然にフェードアウトしていくような私だったのに、と、とと、友達がぁ……！」

「つまりどういう気持ちなんだ？」

「うれじい!!」

「お、おう。ほらティッシュ」

ポケットティッシュを手渡《てわた》され、洟《はな》をかむ小鳥遊。

そっか、嬉しいよな。念願だったものが手に入った時って。気持ちは分かるけど、人気

のない場所で泣かないでほしかった。人気があった方がよりマズいが、なくても見られたらどうしようという気持ちが強いし、まぁ、どちらにせよ泣いてほしくない。

そんな俺の思いとは裏腹に、しばらく泣いた後、小鳥遊は財布《さいふ》を取り出す。ここには自《じ》販機《はんき》もないのだが、何故《なぜ》。

「で、いくらほしいの？」

「は？　どういうことだ？」

「え、友達料」

寂《さび》し過ぎるだろそれは。

「金で解決しようとしてんじゃねーよ」

「でも、金銭も何もない契約《けいやく》は信用ならないの！　裏切ったりとかするでしょ⁉」

「小鳥遊。友達ってのはな、見返りを求めないものなんだ。わかるだろ？　お金よりも大事なのが友情だ」

言うと、小鳥遊は酷《ひど》く衝撃《しょうげき》を受けたようではあった。わなわなと唇《くちびる》が震《ふる》えると同時に、ニヤニヤもしているようで大変忙《いそが》しい。

「！　……と、友達……！　嬉しい……嬉しい……！　そうよね、友達って、見返りを求めない関係なのよね……！　ぐすっ……！」

どうあがいても泣くのかよ。地味にめんどくさい。ここまで涙目《なみだめ》で満面の笑《え》みを浮かべてるやつを初めて見た。

「それじゃ……コホン」

とりあえず二枚目のティッシュを渡《わた》し、俺は咳《せき》ばらいを一つ。

「行くか。──祈《いのり》」

「あ……！　な、名前……！　うん！」

屈託《くったく》のない、緊張感のないへにゃっとした笑顔《えがお》だったけど。何故かその顔を見て、ホッとしている自分もいた。学校での感情を封殺《ふうさつ》したような、能面のような表情じゃなくて、俺は心底、安堵《あんど》しているようだ。

「じゃ、じゃあ、鏡夜って、呼んでいい……？」

「呼んでくれ。そっちのが友達っぽいだろ？」

「うん！　よ、よろしくね、鏡夜！」

初めて友達の名前を呼んだ彼女は、何か噛み締《し》めているらしかったが、まぁいいや。

晴れて、祈と友達になった。それだけだ。

「あ、じゃあ、行きたいところあるの！　友達と一緒に、ずっと行きたかったとこ！」

「俺なんかでいいのか？」

「あんたがいいの。初めての友達だし！」

どこまでも嬉しそうに先行する祈の後に、俺は続くのだった。

やってきたのは、何の変哲《へんてつ》もない、コンビニだった。わざわざ意気込《いきご》んでいく場所じゃないが、まあいいか。俺はそこで渋々《しぶしぶ》スポーツドリンクを買う。なんか、入店してしまうと何か買わなきゃいけない気がするし。スーパーで買うと百円でお釣《つ》りが出るんだが……少々もったいない気もする。

「ピザまんも買って」

「え、なんでだ？」

「いいから」

ピザまんも追加購入。そういやコンビニの肉まんって久々だな。

祈は、肉まんとお茶を買っていた。二人して外に出る。ふわっと涼《すず》しい風が通った。

半分こにされる肉まん。ほわっと湯気が立ち上る。福岡では肉まんを買うと、どのコンビニでも酢醤油《すじょうゆ》がついてくる。他の県では違うらしく、それを知った時は少しショックだった。

その半分を、祈はこちらに手渡してくる。

「シェアしたいの、肉まん。と、友達っぽくない……？」

「ぽいじゃなくて、友達だろ？」

言いながら、俺もピザまんを割って、祈に半分手渡した。

その後、無言で肉まんに齧《かじ》りつく俺達。

こうして、祈に記念すべき友達ができ、俺もちゃんと友達だと大手を振って言えるような関係へとステップアップした。

六話 ■ No BRAVA!!

学業を四限分こなすとお昼になる。教室の隅《すみ》で、俺は一人で弁当を広げようとしていた。トシ達に学食に誘《さそ》われたが、自作弁当を持っている俺は浮くし、混みあう学食の席を占《せん》領《りょう》してまで学食で食べたくない。水がタダなのはいいんだけど。

俺は祈《いの》りに視線を向ける。スマホを取り出し、何か、ゲームをやっているんだろう。激しくタップしている。

お、タミが声を掛けに行った。横にいるのは……えっと、確か。タミの友達の白鳥《しらとり》さんだったかな。背がそこそこ高くてショートカットが良く似合う。胸もあるな。スポーツ一筋だったのは何となく覚えているが、それくらいしか印象にない。あまり話さないクラスメイトだった。

「ねーねー、お昼一緒《いっしょ》に食べないー？」

「あ……!? ……あ、あの…………その…………」

「？？？　うん、ご飯。あ、今忙しいー？」

「い、や………そ、の………」

白鳥さんは経緯《けいい》を見守っているようだ。タミに一切を任せているらしい。

祈はといえば、いつもの無表情になってしまっていた。感情が高ぶると、顔が強張《こわば》る。

傍から見ると、本当に冷たく見える。俺が橋渡《はしわた》ししてもよかったが、それでは根本的な解決にはならないだろう。だから、あえて割って入らない。

タミはしばらく粘《ねば》っていたが、申し訳なさそうな笑みを浮かべてしまった。

「あー。ごめんねぇ、忙しいのに。また誘うねー」

「またよろしく！」

のんびりとしたタミと、快活な白鳥さんが去って行く。

祈はがっくりと頭を抱《かか》えていた。恐《おそ》らく自己嫌悪《けんお》タイム。

切ないな、祈よ。もうちょっと頑張《がんば》ってくれ。あいつら別に難易度高くないぞ。

お、今度は詩織《しおり》のやつが歩み寄ってくる。

例の猫《ねこ》事件は先週の金曜日のことだったが、今週に入ってから詩織は祈に話しかける機会をうかがっていたような気がする。さっき、タミが積極的に話しかけていたのを見て、好機と思ったのかもしれない。

「ねえねえ、一緒に食べよう？　小鳥遊《たかなし》さん！」

相変わらず詩織はフランクだ。いつものクールな仮面を被《かぶ》っている祈にも全く怯《ひる》まない。

一方、詩織の眩《まぶ》しいリア充《じゅう》オーラに当てられた祈は緊張しきりだった。先ほどよりも顔が強張っている。

「は、は……ぁ、その……」

若干不審者《じゃっかんふしんしゃ》だぞ、祈。いや若干じゃねえや。ガッツリ不審者だ。

と眺めていたら、詩織がこちらに手招きしてきた。

「鏡夜《きょうや》くーん！　一緒に食べよ！」

「……」

俺に飛び火すんのか。まぁ、友達がいれば祈も緊張しないか。

「いいぞ」

席を合体させて、詩織の為《ため》に手前の席の椅子《いす》を拝借する。

俺達は弁当を広げた。今日の詩織の昼食はパンらしい。総菜パン五つに菓子パンが二つという、女子の食事としては中々見ない光景。運動部男子を上回る勢いの数の食べ物に、知っていてもやはりビビる。祈のやつはひたすら顔が強張っていた。緊張しているんだろう。無理もない、こいつもなんだけど、詩織も引くほど美少女だからな。

そんな学園のアイドルは、ジャブだろうか、俺に話題を投げかけてくる。

「ねえ、鏡夜君。今日の数学の宿題終わってる？」

「ああ、一応な。休み時間にやった」

「見せて！　おねがい！　図形苦手なの！」

「別にいいけど、放課後までには返してくれよ」

机を漁《あさ》って詩織にノートを貸す。

祈は、といえば、無言で弁当を食べ始めていた。いや、参加しろよ、会話に。友達ほしいんなら必須だぞ。

その代わりに、俺と詩織が会話を続けることになる。

「三時間目の体育きつかったねー。男女混合でマラソンとかちょっと嫌だったかなあ。鏡夜君は余裕そうだったけど。さすが運動神経の塊《かたまり》だね」

「運動は好きじゃないけど、苦手ではないな」

健康的な生活のためか、無駄《むだ》に有り余る体力で体育は5以下を取ったことがない。

「小鳥遊さん、好きな科目は何？」

お、詩織が祈に話を振ったぞ。しばらく無言だったが、ぼそっと呟《つぶや》くように、祈は答えた。

「……映画見るの、好き」

いや科目だっつってんじゃん。映画を見る授業なんて——いや、そういや世界史で……。

「ああ、もしかして。映画見て感想書く授業のことか？」

頷く祈。なるほどー、と詩織も納得《なっとく》をしたが、にしても本当によくわからん受け答えだ。喋《しゃべ》るの本当に苦手なんだな。

詩織は、長い髪《かみ》をくるくると指で巻いていく。こいつの癖《くせ》で、何か重要な場面で落ち着きを取り戻《もど》そうとする時にこうするのを俺は知っている。

「あのね、小鳥遊さん。ずっとお礼言いたかったの。この間、川に真っ先に飛び込んでくれて、嬉しかったんだよ」

「………………」

赤い顔をして、無言で弁当にがっつく祈。

「お、おい、祈」

「ご、ごちそう、さま！」

弁当をさっさと片付けて、祈はどこかに行ってしまった。作った身としてはもう少し味わってほしかったが、そういう場合でもない。

ぽつん、と俺と詩織が残される。少し気まずい空気が二人の間に流れた気がした。

「……何か、マズかったかなぁ」

詩織が不安そうな顔をしていたので、俺《おれ》は首を横に振った。

「あいつ、シャイなんだよ。誰《だれ》に話しかけられてもだいたいああだから」

「詳《くわ》しいんだね、鏡夜君」

「友達だしな」

「え⁉　友達なの⁉　ねえねえ、鏡夜君。どうやって友達になったの⁉」

食いついてきた。ついでに、三つ目のパンの包装を開ける詩織。近くで見てるとホントえげつない量を食うなこいつは。

「どうして友達になりたいんだ？」

ちょっと疑問だった。祈は、あの態度だ。普通に考えると嫌《きら》われてもおかしくない。そういう、クールな人間で通っている、にしてもだ。思うところはないわけがないだろう。

しかし、詩織は、とても嬉しそうにしていた。髪の毛をくるくるさせている。これは、照れか。

「……すっごく、いい子だと思ったから。だって、あんなに寒かったのに、川に迷いなく入っていったんだよ？　猫を助けるために！　最初は、人に興味なんかないのかなーって思ったけど、何か違《ちが》うっぽいし。鏡夜君とは仲いいもんね。そう、人に興味があるなら、ワタシは友達になりたいって思ったの。今時、あんな子いないもん。それに、肌《はだ》もきめ細かくてぷるっぷるだし、色白で……！　どんなスキンケアをしてるかも興味あるし。うん、クールだし一人が好きなのかなって思ってたけど、シャイなのかぁ。なるほど。鏡夜君、どういうかんじで口説いたの？」

「口説いてねえよ」

「えー？　じゃあ逆になんで仲良くなれたの？　私も小鳥遊さんと仲良くなりたいよー！」

「あいつ、結構友達ほしそうだったからな。ま、頑張れよ、詩織」

「それは、あくまで自力で頑張れってこと？　案外スパルタだね、鏡夜君」

「その方が良いだろ。まぁどうしても難しかったら相談くらいは乗らんでもない」

「……そっか！　鏡夜君って前例もあるし、私もとりあえずは一人で頑張ってみるね！」

詩織が何か気合を入れるようにグッと拳《こぶし》を握《にぎ》る。

その調子で粘ってくれれば、祈と友達になれるかもしれないし。学園のアイドルを味方に付けられたら、最強だろう。最初から強キャラと交流があって、それをきっかけに友達が増えていく可能性だって十分にある。

そんなことを考えていたら、詩織が顔を近づけてきていた。大きな瞳《ひとみ》が迫《せま》る。思わず顔を引いた。近いよキミ。

「ねえ、ワタシと鏡夜君は友達だよね？」

「な、なんだよ。友達だろうが、俺はそのつもりだぞ」

友達になろう、という直球な言葉は言われてないが、詩織との気安い距離《きょり》感《かん》が俺は好きだった。

「ん！　だよね！」

俺の答えを聞いて、詩織はとても嬉しそうにしていた。あ、パンがいつの間にか全滅《ぜんめつ》してる。早えよ。

「こういう気さくさも、アイドルたる所以《ゆえん》か。さすがだな、詩織」

「あ、アイドルって……。そんなつもりないんだけどなぁ……」

困ったような笑顔だった。頰《ほお》をかく詩織は心底微妙《びみょう》そう。アイドルという評価はお気《き》に召《め》さないようだ。

「でも、せっかくだから、みんなと仲良くしたいよね！　告白は困るけど」

「されてんのか」

「うん、まあ」

頷きながら、何故か俺の弁当から卵焼きを略奪《りゃくだつ》する詩織。盗《と》るなよ。おかずなくなるだろ。

「鏡夜君もあるでしょ、告白されたことくらい」

……そんな青春っぽい思い出はないので、首を横に振った。我ながら寂《さび》しい。

「え、一度も？」

「一度もねーよ」

本当に一度だってない。バレンタインは中学時代からは詩織に友チョコ、高校からは夕ミから板チョコを貰う程度だ。これでも充分に恵《めぐ》まれている部類。具体的にはそんなところで、それ以外、女性関係は皆無だ。

何だか詩織は不服そうだ。

「鏡夜君、いいと思うんだけどなあ。ワイルドな見た目で、中身は家庭的なギャップが可愛《かわい》いと思うの」

とか言いながら唐揚《からあ》げまで盗りやがったぞコイツ。

「俺みたいなやつを可愛いって言ってくるやつは異常だ」

「確かに、普通ならそうかも」

更《さら》に詩織のやつはウィンナーを取ろうとしたので、それは箸《はし》を逆さに持ち替《か》えて阻止《そし》しておいた。

「ありゃ。だめ？」

「俺がどうやって白米消費するんだよ。もうお前のせいで卵焼きも唐揚げも一個ずつしかないのに」

「隙《すき》あり！」

「あ、コラ！　詩織テメェ！」

結局盗られてしまった。口をもごもごやりながら、詩織は何だか嬉しそうだった。

「ふっふっふー、兵は神速を貴《たっと》ぶのだよ。うん、美味《おい》しい！」

「……ったく」

まぁいいか。白米の甘《あま》みを感じることにしよう。

「仕方ないのでワタシのおやつを進呈《しんてい》するね」

「おやつって、おにぎりじゃねえか。お前が作ったのか？」

「うん！」

「あ、これあれか。いつか聞いた俺の苦手なものが入ってるおにぎりか？」

「ううん、中身はなし！」

「おい！　白米が増えたじゃねえかこれ！　おかずはどうした！」

「あはは。またお弁当を奪《うば》いにやってくるね！」

「二度と来るな」

詩織のやつは本当にどうしようもないな。食欲の権化《ごんげ》だ。

でも、女の子の手料理か。中々レアだ。いや、おにぎりを手料理と認めなければならないのだろうか。

そんなことを思いながら、ラップにくるまれた大きなおにぎりを食べるのだった。

「……」

部分部分がしょっぱかったり、味がしなかったりと。

味は非常に安定性を欠いていたものの……まぁ、詩織の手料理（?）だしな。男子垂涎《すいぜん》の美少女の手料理（?）を食べている優越感《ゆうえつかん》を覚えながら、白米が多くなってしまった弁当に、箸をつけるのだった。

放課後になり、帰路に就《つ》く。今日はスーパーの特売もないので、ゆっくり祈と帰っている。流石《さすが》に気候も春らしく暖かくなっている。河川敷《かせんしき》を通っても、先週ほど寒くはない。

「ねえ、鏡夜。私、友達を作る練習がしたいの！」

道すがら、いきなり祈がそんなことを言い出した。

そういえば、友達作りを手伝ってくれって、始業式の日にも言ってたな。

「なんか理由があるんだろ？　そう言いだすんだから」

「うん。今日、なんか大鷺《おおさぎ》さんと白鳥さん、鴨田《かもだ》さんから誘われたじゃない？」

祈は拳を握っていた。燃えているようなぎらついた眼差《まなざ》しをこちらに向ける。

「次こそは、友達になりたいの！　一人できたし、二人目からはもうなんていうか、楽勝なんじゃないかって思うんだけど！　てか余裕《よゆう》じゃない!?」

調子に乗る前に釘《くぎ》を刺しておこう。痛い目にあってからでは遅《おそ》い。

「いや、普通に難易度上がると思うが」

「え？」

「考えてもみろ。俺とお前が友達になった経緯はかなり特殊《とくしゅ》だろ？　しかも俺は男だ。女子とは勝手が違う。特に女子同士はグループだとか派閥《はばつ》だとか、人間関係的に面倒な要素も多い傾向《けいこう》にあるしな。まぁタミや詩織ならそこまで心配しなくてもいいが、人気のあるあいつらと友達になったら、必然的に別の大して知らんやつらとの交流も確実に増えるぞ？　そこまで考えてたのか？」

言い立てていると、祈の顔が真っ青に変化しているのに気づいた。細かく震えている。

「無理、できない。友達……増えるの怖《こわ》い……とも、だち……ト、モダ、チ……」

怖がり過ぎだろそれは。釘を刺しすぎてしまったらしい。匙加減《さじかげん》が非常に面倒だ。

「冗談だよ、冗談」

「ど、どこからどこまで……？」

「あながち冗談とはいえないかも。もしも、の話だ。まぁ、そんなに人間ってのは交友関係広くないから」

「ガクガクブルブル……」

「俺らも高校生だし、『友達の友達はみんな友達』って考えのやつも、そうそういないだろうから、あんま気負わなくてもいいぞ。というか……やっぱ友達ほしいんだな」

頷く祈。そうか、やっぱりそうだよな。

この年齢《ねんれい》までまともに友達が出来なかった祈だ。そりゃあ、どうしたらいいかわからなくて悩《なや》むよな。しかも始業式から何回もチャンスはあったのに、あれだけドジ踏《ふ》んでるんだ。自分に自信がないのも仕方のないことだろう。

そもそも友達になるためには、自分を知ってもらい、相手を知り、相互《そうご》に理解することが大切だ。

これは結構ハードルが高い。もっとフランクな友達付き合いというものもあるが、多分こいつが求めているのはそういうものではなく、心から信頼《しんらい》して付き合える友達が欲《ほ》しいのだろう。しかしそれはとても難しい。

なぜなら自分一人の努力でどうにかなるものではないからだ。

もし、素の自分を受け入れてもらえなかったら。もし、友達の考えを理解出来なかったら。そうなった時が怖い。……そういう感情が、友達を作るうえでの障害だと思う。

でも、祈は頑張ろうとしてる。その壁《かべ》を自ら超《こ》えようとしている。

ロクに関わりもない奴《やつ》らの名前と顔を必死に覚えて、自分から友達になりに、近付こうとしている。

そんな彼女《かのじょ》だからこそ、俺は――

「んじゃ、いつかの約束だ。機会があったら。その時が来たら。友達作り、手伝うよ、祈」

――心から、応援《おうえん》したくなるのだ。

その言葉に、ぱあっと彼女の表情が華《はな》やぐ。だから、そういうのを不意にやるなよ。ただでさえ顔立ち綺麗《きれい》なんだから。

「！　うん！　よろしく、鏡夜！」

「おう」

さて。友達か。

案外祈を気にしてる奴も多いだろうし。そんなに気張ることはない。

でも、全力を尽《つ》くそうと思う。

向けられた笑顔を見て、俺はそう思うのだった。

七話 ■ 感情の置き場がない！

次の日の昼休み。俺と祈《いのり》は先に弁当を食べて、そのまま自席で作戦会議と洒落込《しゃれこ》むことにした。

「さて、友達が欲しいんだったな」

「うん、欲しい！」

「もう手っ取り早く、俺が何人か紹介《しょうかい》しようか？」

ズバリ解決法。もう強引《ごういん》に祈という人間を知ってもらうための場所をセッティングしてしまう。荒業《あらわざ》でもあったが、確実な方法でもあった。

「それは……なんかダメな気がする！　やっぱり、じ、自分の力で！」

おお、意外にガッツがあるな、見直したぞ。

……意気込み、立ち上がる祈だったが、静かに座《すわ》りなおす。

「やっぱりお願いします」

「よわっ！　意思弱っ！　お前五秒でヘタレんなよ！」

「だ、だってぇ！」

まぁそんなこったろうとは思ってたけど。それができるなら苦労せんわな。

でもそれなら話が早い。

「お前、化粧《けしよう》品持ってるか？　ハンドクリームやら、リップクリームなんかもあるといい」

「う、うん。あるけど」

「出してくれ」

もぞもぞと鞄《かばん》からポーチを取り出す祈。中から色々出てくる。

ファンデ、チーク、リップ、ハンドクリーム……銘柄《めいがら》はどれもよく知らないものだ。いや、女性化粧品に精通している男子高校生なんてそれこそどれだけいるかなんだが。あ、この日焼け止めは知ってる。

とりあえず、あいつを釣ろう。釣れるといいんだが。少し大きな声を出す。

「あー、このファンデ見たことねえなぁ！　どういうメーカーのなんだろう、へー珍《めずら》しい！」

「どれどれどれ!?」

「お前もそんな簡単でどうする、詩織《しおり》」

目当ての女の子が釣れた。詩織が目を輝《かがや》かせながら、祈が取り出した化粧品の類を見ている。

「これ、小鳥遊《たかなし》さんの？」

「う……う……！」

「そうだよ」

祈はいつものようにショート寸前なので俺が答えてみる。彼女は、と見れば、顔はやはり緊張で表情が浮《う》かんでなかった。まぁいきなりとはいかないよな。

ん？　祈は口をパクパクさせている。何か伝えようとしてるんだろう。

読唇してみるか。

……。

「えっと……私は、小鳥遊祈です。鴨田《かもだ》詩織さんですよね？　……って言ってるぞ」

「あれ、小鳥遊さん……ああ、シャイって言ってたね！　緊張してる？」

祈は固まってる。だが、こくこくと頷《うなず》いていた。

肯定《こうてい》、否定。それらはできるようだから、アシストしようか。そんな風に考えていると、詩織が嬉《うれ》しそうに祈の方へと一歩近寄った。

「ふふっ、そんなに緊張しなくて大丈夫《だいじょうぶ》だよ。改めてよろしくね、小鳥遊さん！」

またもや頷く祈。そして例によって言葉にならない口パクを行うので、読み取ってみる。

「お肌綺麗《はだきれい》ですね、だってさ」

こくん、と肯定する小鳥遊。

「そっちこそつるぷるでしょ！」

詩織は羨《うらや》ましそうに祈のほっぺたをぷにぷにしている。途端《とたん》に表情が変化した。ほわぁあああああああっ⁉ というような表情でとても嬉しそうにしている。よ、よかったな。

「何か肌にいい化粧水《けしょうすい》でも使ってんのか、祈」

俺の言葉に祈はスマホを取り出す。しばらく操作を続け、見せられたのは通販《つうはん》サイト。

俺と詩織は覗《のぞ》き込《こ》む。

星が四つ付いている化粧水と乳液のセットが表示されていた。詩織はフリックして詳細《しょうさい》部分を読んでいく。

「へえ、これ知らない。でも評価よさそう……へえ……なるほど、この成分だからちょっと肌に合う合わないがあるかも……小鳥遊さん詳しいんだね！」

祈は顔を赤くしてる。嬉しい、んだよな。内心では鼻高々、といったところだろうか。

「ねえ、小鳥遊さん。これ、お風呂《ふろ》上りに使ってる？」

詩織の微笑《ほほえ》みに、祈は顔をさらに赤くし、明らかにテンパっていたが、

「う、うん。それと、寝《ね》る前……」

ぽしょっと、そう言った。小さな声だが、確かに返事ができた。凄《すご》い進歩だ。ちょっとホッとしたぞ。

「そうなんだ！　やっぱりお風呂上りと寝る前は大事だよね！」

「あ……」

パクパクと、また何かを言おうとして、止めてしまう。祈よ、勇気を出すんだ。

でもなんかダメそうだなぁ。

……ふむ。

「パンツは何色ですか、だってさ」

――ブンブンブン。そう首を激しく横に振《ふ》る祈。ああ、なんだ。俺の言葉に適当に頷いてるのかと思った。そうじゃないらしい。

詩織は特に気にした様子もなく、微笑んだまま目を細める。

「何色だと思う?」

「うーん。敢《あ》えて黒だな」

「正解は……想像の赴《おもむ》くまま。実際に見なきゃ確かめようがないからね」

にこやかにそう返される。さすが詩織だ、下ネタにも鮮《あざ》やかで小悪魔《こあくま》的な対応。上手《うま》い撃沈《げきちん》するあしらい方だ。

こういう容姿を鼻に掛《か》けない気さくな態度が、詩織の最大の魅力《みりょく》なのだろう。撃沈すると分かっていても向かっていってしまう野郎《やろう》の気持ちがよくわかる。

そう、詩織は告白を受け入れない。何故かはわからないが、そういう男の影《かげ》が全く見えないんだ。そこも人気アイドルたる所以。ふと、何故か詩織のやつは笑みをニマニマと変化させて、こちらを肘《ひじ》で突《つ》いてくる。

「ふふっ、鏡夜《きょうや》君、ワタシのパンツ見たいんだ」

「見たくねえ奴なんかいねえわ。そんな奴は男じゃない」

「そうなんだ。どれくらい見たい？」

「うーん、かなり」

「じゃあ泣いて土下座したら見せてあげるかどうか検討してあげる」

「んなみっともない真似《まね》できるか。てか検討って、絶対見せる気ねーだろ」

「そう、そうやって性欲が勝たないのが鏡夜君のいいところ。迷いもしないんだもん。ちゃんと自分を持ってるし……でもちょっと傷つくなぁ。プライドを捨ててまで、女の子は見てほしいものだよ？」

「パンツをか？」

「パンツは嫌《いや》だけど。女心を見極《みきわ》めないとダメってこと。いざ本命が出来た時、振り向いてもらえないよ？　ねえ、小鳥遊さんもそう思うよね？」

急に話を振られて祈は硬直《こうちょく》していたが、頷いて同意している。一応、気に留《と》めておこう。

「そう言えば詩織、化粧水とか乳液とか男も使った方がいいのか？」

「もちろん!!」

急に詩織の目の色が変わった。わお、燃えている。こちらが気圧《けお》されてるのをいつもの詩織なら気づくはずなのだが、目に入ってないらしく、熱い言葉が彼女の口から押《お》し寄せてくる。

「あのね鏡夜君、男性でも女性でもだけど肌が綺麗なだけですっごく第一印象がよくなるの！　それが有効に働くってすごいアドバンテージなの！　人は第一印象で大体判断しがちだから、毎日のお手入れは面倒《めんどう》だけど重要なの。それができてないのに、綺麗な人をやっかむ人達《たち》がいるけど、よく分からないよね！　だって努力の結晶《けっしょう》を褒《ほ》めるのは分かるけど何でケチをつけるのか！　努力してる人は認められるべきだし！　あ、乳液もそうだけどパックもした方が断然いいんだよ！　ただパックは顔に長い時間付けすぎると逆に水分吸われちゃうから書かれてる目安時間より長くは絶対やっちゃダメ！　パックしたら、さっさと乳液！　保湿《ほしつ》大事だよー！　若い今だからこそ、気を付けておかなきゃダメだってお母さんも口酸《くちす》っぱく――」

「ど、どうどう。落ち着け、詩織」

俺の苦笑《くしょう》を通り越《こ》して若干引き気味な表情で我に返ったのか、詩織は自分の言動に驚《おどろ》いていたようだった。徐々《じょじょ》に顔が赤くなっていく。恥《は》ずかしそうな顔をするまでに、そう時間はかからなかった。

「詩織、案外熱いやつだったんだな。これから俺もちょっと努力してみるぞ」

「や、あの……う、うん。じゅ、ジュース買ってくるね！　鏡夜君、何がいい？」

「あー、緑茶」

「小鳥遊さんは？」

「あ……」

祈は、赤い顔を俯《うつむ》かせる。やっぱり言えないか。

「…………ヨーグルト飲料だってさ」

「うん、わかった。それじゃ、行くね！」

小走りで去って行く詩織。目立ってしまったし、普通《ふつう》に恥ずかしかったんだろう。まぁここで追いかけるほど俺も野暮《やぼ》じゃないし、どんなフォローも余計なことってあるからな。

祈は……うわ、目をキラッキラさせている。

「な……な……」

「菜？」

「何あの超絶《ちょうぜつ》美少女で超絶いい子！　鴨田さん可愛過《かわいす》ぎでしょ⁉　何あの子、アイドルなの⁉　抱《だ》き枕《まくら》どこで売ってる⁉　尊い……！　なんかすっごくいい匂《にお》いするし！　手なんか華奢《きゃしゃ》で守りたいことこの上ないし！　ほわぁぁぁぁ！　可愛い……尊い……！　きっと女神《めがみ》よ！　そうに違いないわ！」

うわぁ……めっちゃ早口。てか小声で良かったな、こんなんクラスメイトに聞かれたら流石にドン引かれるぞ祈よ……。

まぁでも、彼女の気持ちも理解できないわけじゃない。あんな子に話しかけられたら、祈じゃなくてもテンション上がりそうだし。

「あれがこの学校のアイドルだよ」

「アイドル……！　確かに可愛過ぎだし……ありがたやありがたや……！」

何故《なぜ》かいないはずの詩織を拝みだしたぞこいつ。完全に挙動がおかしい……あ、いや、それは元からか。

「仲良くなれそうか？」

「うん！」

「そんじゃまず、ジュースの代金渡《わた》してから、『友達になって』、という流れだな」

「が、頑張る！」

そうだな。そうじゃないと友達ゲットできないし。

でもまあ、ここまでかかわったなら行けるだろうと思う。ちゃんとお礼を言って、友達二人目をゲットだ。踏ん張れよ、祈。

しばらくして、詩織のやつが戻ってくる。

落ち着いたらしく、いつもの笑《え》みで俺達《おれたち》に飲み物を差し出してきた。

「もう落ち着いたか？」

「突っつかないの」

少しだけ拗《す》ねたような顔をして詩織は緑茶を押し付けてきた。そんな顔も可愛いとか、やはり美人は得だなぁ。そう思いながら、百円を彼女に渡す。

「サンキュ」

「ん。はい、小鳥遊さん」

詩織は、祈にもヨーグルトドリンクを渡す。祈は百円を渡し、立ち上がって、一歩前に出た。

頑張れ祈。詩織と友達になるにはここしかないぞ！

「あ……あ……！」

言おうとしている。懸命《けんめい》に。緊張《きんちょう》で脂汗《あぶらあせ》まで出してんだ、日和《ひよ》るなよ……！

詩織もちゃんと待ってくれている。首を傾《かし》げて祈をまっすぐ見ている。

今しかないぞ。ここしかない。学園のアイドルと友達になったら、後は敵なしだ！

「あ……！」

千載一遇《せんざいいちぐう》だ。ここまでお膳立《ぜんだ》てが整っているんだ。行けないはずがない。

「あ！」

行け、祈！　そこだ、ちゃんと言うんだ！　友達になってと！

「あ、あり、ありがとう……！」

「うん！」

あ、会話終わっちゃった。沈黙《ちんもく》が俺達の間に流れてしまう。

「詩織ー！」

「あ、うん！　またね、二人とも！」

「おう」

タイミング悪く他のグループに呼ばれて、詩織は若干、祈の方を気にしつつも、立ち去ってしまった。

がっくりと肩《かた》を落とす祈。いや、まぁ。今回は擁護《ようご》できない。どんだけチャンスだったと思ってんだろう。マジでもったいない。でも、祈にしては頑張《がんば》った方だ。会話はちゃんと成立してたし、進歩は見える。

「私の馬鹿、チキン、ヘタレ、意気地《いくじ》なし、根性《こんじょう》なし、美少女……！」

最後の自分上げはなんなんだよ。いや、それくらいのメンタルじゃなきゃ潰《つぶ》れてるか。

そんな彼女の背中を叩《たた》く。思いっきりビックリされたが、構わずに続ける。

「次がある、次が。生きてる限り負けじゃない。リベンジしようぜ、祈」

「う、うん……！　絶対、友達になってみせる……！」

拳を握る祈の視線の先には、友人に囲まれて微笑む詩織の姿。

だな。リベンジ、できるといいな。祈よ。

そう思いながら、俺は自分の席でノートを開いた。古文の宿題をやろう。

八話■祝祭のクラスマッチ

気づけば、始業式からあっという間に三週間近くが経《た》とうとしていた。祈《いのり》が化粧品をきっかけに詩織《しおり》と友達になろうとして失敗してから、約一週間。あれから何度かチャンスはあったものの、未《いま》だに祈は詩織に「友達になって」と言えずにいた。

最近では詩織もなんとなく察している様子だが、祈があまりにも一所懸命《いっしょけんめい》なので、言えるのを待っている節がある。と、まぁそれはいいとして。

明日は待望の土曜日だというのに、俺は憂鬱《ゆううつ》だった。その理由は五限目が終わって、六限目の代わりに行なわれたホームルーム。

そう言えばそんな時期だったな、と俺は教室の黒板を見て思い返していた。

ゴールデンウィーク直前に行なわれる――クラスマッチ。

つまるところ、学年別対抗戦《たいこうせん》。種目は、午前はソフトボールと卓球《たっきゅう》、午後はバスケとサッカー。どれも試合を短くし、全員が必ずどれかに出場しなければならない。

とはいえ、同じ人が別の種目に出ていても問題はない。だから、運動が得意な奴は全種目に駆《か》り出されることになる。活躍《かつやく》したクラスは、体育の成績が上がるためだ。それと先生にも特別ボーナスが出るとあって、先生もクラスメイト達も燃えることになる。

各々《おのおの》の運動スペックは、体育の時間で大体分かっている。

故《ゆえ》に。

「観音坂《かんのんざか》は全種目出るだろ？　てか出ようぜ！」

「えー……俺しんどいの嫌なんだが」

「頼《たの》むって！　体育の評価付くし、今度何か奢《おご》ってやっから！　つかお前が出ないと始まらないだろって！」

「……はぁ……わーったよ。あんま期待すんなよ、マジで」

よっしゃあ！　と男子がテンションを上げている。血気《けっき》盛《さか》んなことで。俺は超絶しんどそうな予定に今から少しうんざりしていた。

種目の割《わ》り振りは学級委員長が仕切っている。黒板に種目に出る人間の名前が書かれていく。

ソフトボール、卓球、バスケ、サッカー。まさかの全種目参加。野球選手だってトリプルヘッダーすれば壊《こわ》れるって言うのに。とても疲《つか》れそうで、改めてげんなりする。同じく運動神経抜群《ばつぐん》のトシはやはり全種目に出ることになり、喜んでいた。そのメンタルが心底羨ましい。

俺自身、運動能力は人並み以上にある自信はある。でも、運動は好きじゃない。誰かとバチバチに競《きそ》い合うのは、苦手なのだ。

そういや、祈はどうなんだろ。運動得意なのかな。

隣《となり》を向くと、祈は机に突っ伏《ぷ》して死んでいた。一瞬《いっしゅん》で察せられるのが何とも切ない。

「祈、もしかして運動苦手なのか……?」

「……得意じゃない……」

「そういや勉強もアレだったよな?」

「苦手……赤点スレスレ」

世界はもう少しこいつに優《やさ》しくてもいいと思うが、厳しいなあ。

「まぁ、将来困らないために勉強も頑張ろうぜ。テストが近くなったら一緒《いっしょ》に対策しよう」

「対策?　そんなことできるの?」

「そらそうだろ。出る範囲《はんい》分かってるんだから、出そうなところをピックアップして覚えるだけだ」

「ほへぇ……頑張る!」

意気込《いきご》む祈に頷き返し、黒板に向き直る。

「まずじゃんけんで勝った人から好きなところ決めてこー！　はい、じゃんけんポン！」

あ、祈のやつ負けてやがる。

バスケ、サッカー、卓球、ソフトボール。卓球以外は全て男女混合なのが特徴だ。

男子はサッカーだとキーパー禁止、ソフトボールだと投手禁止となっている。バスケと卓球は制限がないので、運動が苦手なやつかガチなやつしかやらない。

今回のバスケの面子を見るに、ガチなやつらだった。八人中六人がバスケ部とか、絶対潰す気だ。

卓球は一番しんどくなさそうだが、ガチでやるとしんどいスポーツ筆頭。でも他のスポーツより痛みを感じるとかはないので、運動が苦手なやつが手を挙げ真っ先に埋《う》まっていく。

詩織もじゃんけんに負けている。タミもそうだった。

サッカーも埋まり、残すはソフトボールだけ。

「えーっと、最後にソフトボール！　まだ決まってないのは、えっと……鴨田《かもだ》さんと、小鳥遊《たかなし》さん、タミちゃんは決定として……もう二人は……」

「はーい！　アタシ、出るよ！」

「ん、白鳥《しらとり》さんね。もう一人……」

「あー、あれなら出るよ？」

「おっけ、目代《めじろ》さんね！　ソフトボールは、観音坂君、千寿《せんじゅ》君、仏道《ほとけみち》君、地蔵堂《じぞうどう》君、小鳥遊さん、タミちゃん、白鳥さん、鴨田さん、目代さんで決定！　ポジションは当日決めよっか！」

そういう風にまとまり、ざわつく教室の中で、俺《おれ》は祈の目を見て頷いた。

「祈よ、これはチャンスだぞ」

「チャンス……？」

「ここで大活躍《だいかつやく》できれば、もうクラスに溶《と》け込めること間違いなしだ。詩織と友達になるのだって容易《たやす》いだろうし。そう、ここが踏ん張りどころ。リベンジしてやろうぜ！」

「う、うん！　いいところ、見せたい！」

「よーし。そうなったら特訓だな。運動がダメなら尚更《なおさら》だ。せめて最低限、打って、走って、守れるようになるぞ！」

「やってやるわ！　そうよ、私野球ゲーム得意だもん！」

いや、ゲームの知識でやられても。しかもこれソフトボールだし。

でもまぁ、やる気があるのは買いだ。そうでなきゃ手伝う側も燃えてこない。

ガッツポーズをきめ、燃える祈を横目に、少しクラスマッチに対して憂《うれ》いでいた自分を抹消《まっしょう》する。

気合入れていこう。

放課後、グラウンドに俺達はいた。

まずは祈の基礎《きそ》スペックを見たい。走塁《そうるい》に特化したり、打撃《だげき》が得意だったりだとすごく楽になるんだが。というか、祈はまずどこのポジションやりたいんだろうか。

まぁ、それらは全て祈の基礎スペック次第《しだい》だ。

「じゃ、五十メートル。よーい、ドン！」

お、速い。

鍛《きた》えもしてないくせに意外に速度がある。

……スマホで測ったが、記録はギリギリ七秒台。女子の平均を大幅《おおはば》に上回っている。

「んじゃ次は遠投」

ソフトボールを握《にぎ》らせる。

遠くに投げる祈。おお、肩強いな。女子の平均を余裕で超えている。女の子投げは卒業していいるらしい。角度がマズいせいかあまり記録は伸《の》びなかったが、ボール自体は速度があった。やるじゃんか。

「お前、運動得意じゃねーか」

「そ、そう？」

「んじゃ打撃だな」

ネットを借り、アンダースローでストレートを投げる。無論、ゆっくりだ。

祈は鋭《するど》いスイングこそするものの、空振《からぶ》りばかりだ。無情にもネットに白球が収まる。

「お前のスイングならもっと引き付けりゃいい。ボールをよく見ろ！」

「う、うん！」

しかし、上達や進歩は見られず。フルスイングの癖《くせ》も直らずに、十五球を空振りした。

「あー……。なるほど、お前球技が苦手なタイプか」

「そうなの……個人陸上とかはいいんだけど……」

これだけのスペックなら陸上系の部活から声がかかってもおかしくないのでは、と思ったけど、あの無表情の祈に絡《から》むのって割とハードル高そうだよなあと思いなおす。そういうイメージも払拭《ふっしょく》していきたい。

とりあえず、今はバッティングだ。

「もっと良くボールを見て、深呼吸を忘れんなよ。まずはバントからだ」

「バント……」

「祈は空間把握《はあく》が苦手なのかもしれない。だから、まずボールをよく見なきゃいけないバントで練習しよう」

「うん！」

しばらく、祈はバントを続けた。

こちらは目覚ましい上達ぶりだ。数球もすれば当てて、転がせていたし。

「もっと打球殺せ、強いぞー」

「うん！」

徐々に三塁側《さんるいがわ》、一塁側、正面、プッシュ——様々なバントをこなせるようになっていく。

なんだよ、ちゃんとできるじゃんか。

次は変化球でも投げてやろうかと考えていると、祈が何かを見ていることに気づく。

女子ソフト部の投手が、ウィンドミルでボールを投げているところだった。

「ねえ、あの投げ方何？」

「ああ、ウィンドミルだよ。お前も見たことあるだろ、腕《うで》一回転させて投げる奴」

他にも、腕を後ろに振り上げて前に振り下ろすだけのスリングショットや、利《き》き腕とは逆に振り上げ、利き手《て》側に込めるように振り下ろしつつ後ろに振り上げ、膝《ひざ》を使いながらステップして投げ放つエイトフィギュアもあるが、やはり速度の出しやすさ、回転のかけやすさからウィンドミルの投手が多い。

ミットからは快音が聞こえる。それを祈は憧《あこが》れの眼差しで眺《なが》めていた。

「あれやりたい！　あれがいい！　ピッチャーってやっぱ花形だし！」

「ウィンドミルか？　あれはコツがいるんだぞ。投げ方特殊だし。……特訓の全部の時間をアレに回していいんだな？」

「うん、あれがいい！」

……本人がやりたいって言ってるんだし。それが一番大事だよな。

何が本人にとって一番カッコいいか。それは大きなモチベーションになるので、とても大事なことだ。あのウィンドミルをカッコいいと言ったんだから、それをモノにしたいという祈の欲求はよく分かる。

それに、グラブ捌《さば》きも微妙《びみよう》、打撃もバントしかできないので強打は望《のぞ》み薄《うす》、ともなれば、もはやピッチングしかない。

そういやこいつは左利《ひだりき》きだし、これは、もしかするとだが。いけるのではないか。

「一度真似《まね》してみな」

俺もお遊び程度ならウィンドミルはできる。そのフォームを見て、祈はこちらに投げ返してくる。

「うおっ⁉」

高めだったが、今の……捕《と》れたけど、今のボール……。ちゃんと訓練すれば、投手になるのも夢じゃない。絶対に大丈夫だと自信を持って言える。

こいつ、ヒーローになれる素質がある。希望が見えてきた！

「よし、投球練習以外にも、走り込みとかやるからな。本番まで一週間ちょっと、死ぬ気でやんぞ！」

「おおー！」

ガッツを燃やす祈と拳《こぶし》をぶつけ合い、俺達は努力することをここに誓《ちか》った。

それから、平日休日問わず、俺たちの生活は体育会系になっていった。

早朝。まだ日も昇《のぼ》らない時間から、俺と祈は走り込む。澄《す》んだ春の空気を吸《す》い込み、吐《は》き出しながら、同じテンポで走って行き、今は休憩《きゅうけい》中。

「はぁ、はぁ……！　鏡夜《きょうや》、体力あるのね……！」

「お前が知らんだけで、俺は二日に一度は走ってるしな」

この運動能力も、才能だけではない。ある程度を維持《いじ》する努力は続けている。

スポーツウェアが汗《あせ》を吸っている。ぴっちりした祈のそれは、スタイルのよさが如実《にょじつ》に分かるので、なんというか、目の毒だ。思わず視線を余所《よそ》にやってしまう。

俺はジャージ姿。学校指定のではなく、ディスカウントストアで投げ売りされていたものだ。

息を整えている彼女に、ウエストポーチから取り出した、希釈《きしゃく》したスポーツドリンクを渡す。

豪快《ごうかい》に飲んでいく祈だが、その後味にだろうか。顔を顰《しか》めている。

「ま、マズい……そのままじゃダメなの？」

「原液のままじゃ濃すぎんだよ。にしたって、根性あるな、祈」

「だ、だって。友達を作るためだもん！　頑張らなきゃ！」

メラメラと燃えんばかりのガッツだ。それが無駄にならないように努力しなければならない。

「よし、その意気だ。帰りも行くぞ、ほら、これ」

「なにこれ」

「握力《あくりょく》グリップだ。時間があれば鍛えとけ。よっし、折り返し行くぞー！」

「オッス！」

朝の爽《さわ》やかな道を、俺達は爆走《ばくそう》していく。


汗だくになり、自宅に戻《もど》る。俺はシャワーを浴びてから、祈の家へ向かった。

朝食は高たんぱくなメニューに。鶏《とり》ささみと玉子のマヨネーズ和《あ》え、もち麦ご飯、味噌《みそ》汁《しる》には厚揚《あつあ》げとわかめと玉ねぎ、それから大豆入りのレタスサラダ。

気分はちょっとしたトレーナー気分。祈のアスリート魂《だましい》をサポートせねば。

さて、まずは普段着《ふだんぎ》とトレーニングウェアの洗濯《せんたく》だ。今日は快晴だし……。

「あ、あの、鏡夜。ちょっとまって！」

「んぁ？」

脱衣《だつい》スペースに入ろうとすると、真っ赤な顔をする祈に止められた。何なんだろう。

「あ、あのね。汗かいてるから、洗濯は……その、自分で……」

「んなこと気にすんなよ」

「き、気になるの！」

まぁ、気にはなるだろう。なんだかんだ言って、祈も女の子だしな。

でも、仕事を取られるのも微妙な気分になる。それに、祈をサポートするって決めたし。

「お前は気負わず、友達を作ることって目標に集中してくれ。言ったろ、俺が友達作り手伝うって。……今更《いまさら》、変な気を遣《つか》うなよ。友達だろ？」

「………」

納得《なっとく》はいってなさそうだったが、渋々《しぶしぶ》、祈は洗濯を任せてくれた。

安心しろ祈。ちゃんと綺麗《きれい》にするからな。


学校に行ってからも、努力は続く。

昼休み、放課後。邪魔《じゃま》にならないところで、ウィンドミルを練習する祈。

最初はコントロールがばらけてて話にならなかった。今もストライクは四球に一球程度。でも、最初よりはコントロールできている。

「祈、リリースポイントをもう少し低く。今のボールは高めに浮きすぎてる。お前、かなりセンスあるよ。この回転と速度なら、もう少しボールを放すのを低い位置でやっても何も問題ない。地面をかすめるくらいの気持ちで思いっきり来い！」

「うん……！」

弾《はず》む呼吸、揺《ゆ》れる胸。定まった眼差《まなざ》しは、まっすぐにこちらを射抜《いぬ》いている。

俺も、このキャッチャーミットに慣れてきたな。まさかソフトボール部に行くと貸してもらえるとは思ってなかった。

俺のアドバイスの後、ストライクが集中するようになった。

「いーぞ、その調子！　体に染《し》みこませちまえ！　落ち着きたかったら深呼吸だ！」

「おー！」

ミットを叩き、続きを要求。このミット、自分の癖が付いてしまうのではないかと不安だったけど、これはミットを忘れた時用のソフトボール部の備品らしい。柔《やわ》らかくしてくれれば何でもいいということなので、お言葉に甘《あま》えていた。

「へ、変化球はどうする？」

「フォームが安定してないのに変化球なんて早えっての。それに、お前のストレートなら大丈夫。余計なこと気にせず、縫《ぬ》い目《め》に指を掛けて、とにかく手首を柔らかく使え」

「了解《りょうかい》！」

「よしこーい、後二十！」

暗くなるまで居残って、俺達は汗を流していた。

へとへとになるまで特訓をこなし、夕飯を食べ、祈はお風呂に入った。

食器の片づけや掃除《そうじ》など、日常的な家事を俺はこなしていく。ちょっとしんどいが、祈よりは体力があるし、アルバイトをサボるわけにもいかない。

祈は風呂から上がったらしく、テレビを見ている。握力グリップを握りながら。

……その努力が、報《むく》われるといいな。

そう思っていると、ぐらり、とソファーに祈は横になってしまった。

「お、おい。祈？」

顔を覗き込むと、静かな寝顔《ねがお》が見えていた。

「……寝ちゃったか」

燃料がゼロになるまで動いたからな。それに、体力はある方だったけど、所詮《しょせん》帰宅部だし。眠《ねむ》くなっちゃうよな。でも、風邪《かぜ》ひいてしまうよな、このままでは。

「……運ぶぞ」

祈を抱き上げる。意識のない人間ってのは、少し重い。体重は軽い方だろうけど。

……。いい匂いがする。肌《はだ》なんてパジャマ越しでも柔らかいし。顔、整ってるし。唇《くちびる》はぷるっとしていて……色が白くて……。

「無防備過ぎだぞ、お前」

思わずそう呟《つぶや》いてしまう。本当に、無防備な顔だ。安心しきっている。俺が紳士《しんし》じゃなけりゃどうするつもりだったんだろうこいつ。

相変わらず片付かない祈の私室に入り、ベッドに彼女《かのじょ》を寝かせ、布団《ふとん》をかけてやる。

「……ゆっくり寝な」

明日も特訓だ。実技と筋トレのメニューを考えながら、祈の寝顔をもう一度見る。

全ては、友達作りのために、か。

それだけのために、ここまで必死になれるなんて。凄いことだと思う。

こいつの努力、負けん気、向上心──全部活《い》かしてやりたい。

祈の力になりたい。

「……よし」

部屋を出て、ドアをそっと閉じた。

俺も、頑張らないといけないだろう。彼女にばかり苦しい思いなんてさせない。祈は必ずやってくれる。クラスマッチで優勝するには、まず打たないと。

幸い、チームには俊足巧打《しゅんそくこうだ》のトシがいる。しかし、ほかのメンツに関してはそこまで過度な期待はできないだろう。俺の見立てでは、男子の仏道が運動能力普通、地蔵堂は苦手な部類だ。女子の白鳥はソフトボール部だったけど、俺より飛ばす力があるとは思わない。タミも目代も詩織も、あの見かけでパワーがあるとは到底《とうてい》思えないし。四番打者候補に挙がるなら、俺だろう。つまりトシをホームに返すのは俺の役目ということだ。

「負けねえよ、祈。ああ、負けてらんねえ」

俺は自宅に戻り、金属バットを持って、家の庭で素振《すぶ》りを行う。

決戦の日まで、頑張るしかない。ただ見えない敵に向け、俺はバットを振り続けた。

そして、最後の特訓の日。

明日の金曜日に、いよいよクラスマッチ。

すっかり暗くなったグラウンドで、俺と祈は念入りにクールダウンをしていた。

「一週間、やれちゃったわね」

「そだな」

軽くキャッチボールをする。祈は大分頑張った。百二十球くらいまではマックススピードが続く。スタミナとコントロールの向上が半端《はんぱ》ない。

とはいえ、マウンドで投げるのとはまた違《ちが》うので、実際にはもっと全力で投げられる数は絞《しぼ》られるだろう。実戦では未知数。所詮一週間だ、ぶっつけ本番しかない。

「にしても、つっかれたー……」

「しゃーねえって。よく頑張ったな、祈」

「勝ってから聞きたいな、その言葉」

「そだな。さて、ストレッチすんぞー」

祈と背中合わせに腕を組み、腰《こし》を伸ばしていく。更《さら》に地面に座《すわ》り込《こ》み、開脚《かいきゃく》した祈を押していく。こいつ、結構身体が柔らかいんだよなあ。とても帰宅部には思えない。

「鏡夜も、頑張ってたよね」

「は？　いや、お前には負けるが」

「ううん。運動は好きじゃないって言ったのに、こないだ見ちゃったもん。一人で素振りしてるあんたの姿」

……見られていたか。少々恥ずかしい気もするけど、努力は何ら恥《はじ》じゃない。

それもこれも、全て明日のためだ。

全ては、祈に友達を作るために。絶対に負けられないんだ。

「……勝つぞ」

「うん！」

最後にグータッチを交《か》わし、俺達の特訓は終わりを告げた。


翌日は、清々《すがすが》しいまでの晴天だった。いつもなら雨降ってくれと願うばかりだったが、今回ばかりは事情が違う。

晴れ、上等だ。これで心置きなく努力の成果を発揮できる。

ソフトボール組が集まる中、応援《おうえん》にやって来たクラスメイト達に、詩織は手を振《ふ》っていた。野郎《やろう》も女子も歓声《かんせい》をあげている。相変わらず人気者だ。

「さ、ポジション決めよっか」

詩織がごくあっさりとリーダーポジに収まっているが、誰《だれ》も文句を言わない。詩織にはそういうカリスマもある。人気、カリスマ、美貌《びぼう》。三拍子《さんびょうし》そろっている。

「投手は希望者がいなければワタシがやるよ！」

え、マジで？

詩織が投手をやることに、全員が拍手《はくしゅ》していた。あーあ、祈まで拍手してるし。

まぁ、総当たりだし、五回までだけど四試合もある。詩織だけでは持たないと思うし。

しばらく様子を見るか。

「一番、センターは……千寿君、お願いできるかな？」

「おっす！」

やはり一番はトシか。そりゃそうだ、俺と同じかそれ以上の速度で走れる、学校屈指《くっし》の運動神経を誇《ほこ》っているし。陸上部顧問《こもん》もなぜウチに来ないのかと嘆《なげ》いていたほどだ。

「二番は……バント好きな人！」

小さく、祈が手をあげていた。

「ん！　二番、レフト小鳥遊さん！　三番は……白鳥さん、行ける？」

「任せなさーい！　四番じゃないのがちょっとあれだけど、まぁ、四番は……この中ならねえ」

「うん、やっぱりそうだよね。三番、ショート白鳥さん。四番、ライトで鏡夜君」

「おう。いいぞ」

「頼《たよ》れるね、鏡夜君！　暴れちゃってね！　五番はピッチャーワタシ。六番はサード仏道君、いけそう？」

「が、頑張るよ」

「ありがとう。七番、キャッチャー目代さん。頑張ろうね、元専門職！」

「いいよ！　元ソフトボール部キャッチャー舐《な》めないで！」

「八番、セカンド大鷺《おおさぎ》さん」

「うんー」

タミが八番か。いや、とろくさいこいつがバットを振っている姿が想像できん。

「九番、ファースト地蔵堂君」

「は、はい。鴨田さん」

俺と祈は外野スタートか。

でも、祈のやつ、ちゃんと二番では自己主張できてたな。良い兆《きざ》しだ。

円陣《えんじん》を組み、詩織が綺麗な足を一歩前に出す。

「さ、かっ飛ばしていこー！　一組ー、ふぁいっ！」

『おー！』

地面にたたきつけるように、雄々《おお》しく、そう声を張り上げて。

試合が、いよいよ始まった。

試合は大方有利だった。

大部分は詩織のピッチングのおかげだった。ストレート、カーブ、チェンジアップ、シンカー。器用にボールを操《あやつ》り、変幻自在《へんげんじざい》の投球を見せる。空振りの山を築くが、あまりいい展開じゃない。本来、打たせて取る方が投球を減らせるんだ。最低でも三球は投げないといけない三振《さんしん》を狙《ねら》いに行くと、体力がごっそり削《けず》れていく。

詩織の力投に応えるためか、攻撃側ではトシを始め、一〜三番が機能し、トシが選んで出塁《しゅつるい》、祈のバント、白鳥さんのシングルヒットでランナー一、三塁《るい》で俺まで順番が回る。

相手はいかにも慣れていない下投げ。スリングショットにすらなってない。

緩《ゆる》いボールを、体を思いっきり捻《ひね》りながら、全身で反動をつけ、かっ飛ばす。

ネット上段に突《つ》き出さる打球。ネットまで届けばホームランなので、一挙三得点。コールドはないけど、詩織もこれで楽になるだろう。

「ナイス、鏡夜君！　美味《おい》しいとこ全部持ってかれちゃった」

「おう。てか詩織もスゲーじゃん。どうなってんだ、あのピッチング」

「ふっふっふー、小学校の頃《ころ》、ソフトボールチームに入ってたの。それから、たまにソフトボール部で運動させてもらってるし。ね？　白鳥さん！」

「そゆこと。鴨田のピッチングは折り紙付きだよ！」

なるほど、そういうことか。ソフト部の白鳥さんが太鼓《たいこ》判《ばん》を押《お》すだけあって、半端な実力じゃないな、詩織よ。

祈は落ち着いている様子だったが、こいつ心の中ではどう思ってるんだろう。ピッチャーになるため、しんどいくらい努力して、ポジションを取られて。悔《くや》しいのかな。横顔ではよくわからん。

「祈、心の準備だけはしとけよ」

「え？　なんで？　鴨田さん凄《すご》くいいピッチングしてるじゃん」

「恐《おそ》らくよくて三回戦までだ。四回戦目は多分、スタミナが切れる」

「！」

「……そういうつもりでいけ」

そう言い残し、俺はもう片面でやっている試合に視線を向けるのだった。


一回戦、七対二で勝利。二回戦、五対ゼロで勝利。三回戦、六対三で勝利。

俺はホームランを量産、祈はバントヒットで点を稼《かせ》ぎ、中々の成果だ。

ここまで全勝出来たが、詩織の疲労《ひろう》はピークに達していた。

四回戦。相手はソフトボール部員を三人擁《よう》するチーム。大本命だ。

試合は二回裏。俺達《おれたち》の攻撃《こうげき》。一点をもぎ取ったが、相手の猛攻に同点とされ、とうとう詩織が肩で息をし始めた。細い腕で汗を拭《ぬぐ》う。どうみたって、限界だった。

タイムを掛け、全員が詩織の前に集まる。

「詩織、無理だろ」

「だ、だって……後、一回勝てば優勝なんだよ？　ワタシ、も、もたせる、から……！」

「手を握ってみろ」

白い手が、俺の手を握る。……やっぱりな。握力が足りない。これじゃ球速が落ちるし、すっぽ抜《ぬ》けの可能性だって出てくる。

「もう無理だ。他に投手を立てるべきだ」

「で、でも、他に投手なんて……鏡夜君、は、無理だよね。男子だもん」

いくら常人離《ばな》れしたスピードのボールを投げられても、男子は投手をしてはいけない。それがルール。俺がやるのは無理だ。

ここしかないぞ、祈。視線を向けると、頷《うなず》いた。それでいい。

「あ、あ……あの！」

祈が、手を挙げた。全員の注目が集まる中、視線をそらそうとした祈だったが、なんとか踏《ふ》み止《とど》まって、その注目に応えてみせた。しかもいつもの強張《こわば》った無表情ではない。真《しん》剣《けん》な顔だ。

「私、できるよ！」

「小鳥遊さん……」

詩織はどこか不安そうだったが、俺は頷く。ここまで頑張《がんば》ったんだ。推《お》してやるぞ、祈。

「詩織、任せてやってくれ。祈なら大丈夫《だいじょうぶ》だ」

しばらく迷っていたようだが、詩織は最後は笑顔《えがお》で頷いた。

「……うん、任せる！　鏡夜君が言うんだもん、大丈夫、だよね！」

「う、うん！　ま、任せて！」

そして、ポジションをチェンジする。レフトに詩織、ピッチャーに……祈。

だが、問題が起こった。

「うわっ⁉」

左投げのウィンドミルから放たれる、キレと伸びのある直球に目代が反応できていない。

その球威《きゅうい》に全員が圧倒《あっとう》されていた。それほど祈の投球は存在感を放っている。

でも捕れないんじゃ話にならない。俺は近づき、目代の隣に立った。

「俺が捕ろう」

「……。頼んだ」

悔しさを滲《にじ》ませていたが、目代は代わってくれた。ありがたい。

試合で対戦相手の動きは見ていた。どこが苦手なのかも大体わかる。リードと言うにはお粗末《そまつ》だけど、ストレートしかないので打ち合わせもなしでいい。

それに、このレベルなら。

ソフトボール経験者三人しか、祈のボールを打つ可能性がない。

プレイが再開される。

ウィンドミルでボールを投げ放つ祈。相手は予想以上の球威に驚《おどろ》くくらいしかできていない。ソフトボール部員は振りにいってるけど、空振りだらけだ。想像以上の伸びなのだろう。

鞭《むち》のように唸る左腕《ひだりうで》、しなやかな指先が、凄《すさ》まじい回転のボールを生み出している。

圧巻のピッチングでピンチを切り抜ける。鮮《あざ》やかな活躍だ。誰もが、祈を見ている。

「す、凄いよ小鳥遊さん！　こんな球投げられるなんて！　カッコいいよ！」

「小鳥遊さん、もうソフトボール部来ちゃいなよこれ！　最高だって！　あのストレート！」

「うんー、すごいはやいよー！」

「え、えへ、へへへ……」

三振もかなりの数を奪《うば》い、味方からは褒《ほ》められ、調子に乗りやすい祈は更にギアを上げていく。

三回、四回を全て三球三振で飾《かざ》り、祈は嬉《うれ》しそうだった。

「ねーねー、小鳥遊さん。オレも捕ってみたい！」

「投げてやってくれ、祈」

「うん」

祈がトシにブルペンで投げると、トシはさすがの反応で弾《はじ》きはした。この球に初見で触れるのは凄いことだ。でも、やはり捕れない。

「う、浮《う》いたんだけど⁉　どーなってんのこれ⁉」

「初見じゃ無理だから。祈も肩消耗《かたしょうもう》するから、ここまでで」

「うぃー。にしても、勝ちが見えてきたんじゃねーの？」

「ああ」

相手投手が動揺《どうよう》した隙《すき》に、俺もソロホームラン一本を追加で勝ち越《こ》した。彼女はソフトボール部員だったが、祈と比べると球にキレもないし遅《おそ》い。変化球は捨ててたので、上手《うま》くストレートとタイミングが合ってよかった。

そして、最終回を迎《むか》える。

二対一のまま、祈のボールがソフトボール部員に打たれ、更に俺が暴投を止められずに、ランナー三塁、ツーアウトで四番を迎える。一発が出れば逆転サヨナラのピンチだ。

祈の一球目は、真ん中低めでストライク。二球目はインハイにストレートが刺《さ》さって、空振り。ツーストライク。

祈はマックスまで球速を出している。ただ、相手はソフトボール部で、白鳥から聞いたが四番打者だ。ストレートで押《お》せるような相手なのか。

でも、祈にはこれしかない。ストレートしか、球種がない。

何か覚えさせるべきだったのか。いや、もう遅い。ここは、腹をくくって、まっすぐ勝負だ。際どいコースに決まれば、全然勝機はある。

祈は力強いフォームを取る。そのまま、投げられたボールは――

すぽーん、とすっぽ抜ける。

既《すで》に先ほどの速球を予想し、反応していたのか、空振りをする四番。遅《おく》れて、緩いボールが、俺のミットに収まった。

失投だったかもしれないが、結果は空振り三振。

俺達は、ソフトボールで優勝を決めた。

祈の努力が、報われたのだ。

「や……やったぁあああああああ――――っ！」

まず詩織が祈に抱《だ》き着く。女子がみんな、祈を囲んでいた。

「凄いよ小鳥遊さん！　最後のアレチェンジアップなの⁉　凄い凄い！」

「え、えへへ、えへへへへ……！」

女子の輪の中で祈は……おそらく学校では初めて、本当の笑顔を見せていた。普段の無表情とはあまりにもギャップがあるその緩みきった表情に、思わず胸が熱くなる。柄《がら》でもないのに、自分のこと以上に嬉しい。

この一週間、祈は本当に努力していた。俺はそれを誰よりも近くで見てきた。だからこそ、心から思う。

報われて良かった、と。この一週間だけじゃない。お前の積み重ねてきた気持ちは決して無駄じゃなかったんだ、と。

もっと、この光景を見ていたいと思った。出来ることなら、ずっと。

だが、そんな俺の気持ちなどお構いなしに、トシに肩《かた》を組まれる。

「さーて、お次は卓球《たっきゅう》だ。目にもの見せてやろうぜ、オ・カ・ン」

「馬鹿言ってんな。ほら、行くぞ、トシ」

「うぃー」

頑張った祈に背を向けて、俺は次の戦場に足を運ぶのだった。


結局、ソフトボール、バスケ、サッカーで俺達一組は優勝し、二年の総合優勝を飾ることになった。

担任がジュース代を出してくれたおかげで、全員で勝利の乾杯《かんぱい》ができた。

騒《さわ》ぎ立つクラスの中、祈の姿を見つける。詩織と話をしていた。

「お疲《つか》れ、小鳥遊さん！」

「お、お疲れ！」

おお、緊張《きんちょう》も大分取れてるじゃねえか。いい感じだ。

「小鳥遊さん凄い活躍《かつやく》だったよ！　もうホント、あんな球投げられるなら最初から投げてくれてよかったのにー」

「か、鴨田さんも、すごかった！　あんなに、ぼ、ボールって曲がるんだね！」

「慣れだよー。指のきり方とか、弾き方とか。指先の感覚覚えちゃうだけだし」

仲良く談笑《だんしょう》している詩織に、祈は、意を決した様子で、言葉を口にする。

「あ、あのね！　鴨田さん……！　わ、私と……と、と……」

すうっと息を吸う。深呼吸のルーティーンが生きている。緊張は、取れたらしい。

意を決したその眼差しは、強く、まっすぐに詩織を見る。

「友達に、なって、くれませんか……？」

そんな、今時は言わないような、直球な祈の言葉に、少し驚いていた詩織だったが、笑《え》みを浮かべてくれた。

「もちろんだよ、祈ちゃん！」

詩織に抱き着かれる祈。ふおおおおお⁉　と興奮して真っ赤になっている。

「あ、あの……そ、それじゃ、詩織ちゃん、で、いい？」

「いいに決まってるよー！　祈ちゃんと友達になれて、嬉しいよ！」

「う……うん……！」

ああ、泣きだしちゃった。でも無理はない。ようやく、女の子の友達ができたんだ。それも憧れてた女の子。感無量だろう。詩織は祈を見て首を傾《かし》げている。

「あはは、何で泣いてるのー？」

「心の、汗で……！」

「そっか！　……これからよろしくね、祈ちゃん！」

「うん！」

……よかったな。これなら、祈は大丈夫そうだ。

「おーい、オカン！　こっちこっち！」

「ハットトリックにホームランにダンク決めやがったヒーローさん。こっち来いよ！」

俺《おれ》も、男子の輪に加わる。

「オカン言うんじゃねえよ」

「お前、マジすっげーよな。何で運動部入んねえの？」

「いや、運動は好きじゃなくてな……」

「かーっ、その運動神経おれにくれ、マジで！」

いや、そんなこと言われても。

男子連中は俺を羨《うらや》ましがるが、個人的にはもう少し勉強ができるようになりたい。頑張っても学年二十位内に入れるかどうかだから、もう少し要領良くなりたい。

でも、こうやって友達の輪に入れるんだから、まぁ、運動もたまには悪くないかな。

こうして、祝いの時間は、騒がしく過ぎていった。

その帰り道。

祈は目をキラキラさせていた。もうそれは、若干《じやっかん》引くくらい。

「あのね、詩織ちゃんは守りたいの！」

「そ、そーか」

「うん！　あれで結構ラーメンとか牛丼《ぎゅうどん》とか好きらしくて！　いっぱい食べる女の子って可愛《かわい》いわよね！　もう詩織ちゃん激萌えというかね！　でね、体重計は宿敵にして友にもなるって話が、なんとも頷けるのよ。私も一応気を付けてるけど、ほんとに詩織ちゃんは美容への志が高くてね！　尊敬というか、崇拝《すうはい》というか、神というかね！」

まくし立てられる詩織の情報。そっか、あいつ食うもんな、結構。ラーメンとか牛丼とか好きなのか。なるほど。割とリーマンみたいな好みしてるんだな。

……仲良くなれて、本当によかったな。頑張ってたもんな、祈は。

「この調子で、どんどん友達増やすわよ！　そうしたら、念願の友達同士でカラオケとかファミレスに行くイベントも……！　皆《みな》でお洒落《しゃれ》な服見たり、コスメ見たり……！　カフエなんかにも入れちゃったりして……！」

おおう、妄想《もうそう》が広がっているな。大洪水《だいこうずい》を起こしている。

でも、その光景は、もう遠くない話のように聞こえる。これだけ、友達のために努力できるやつが、報われないわけがないのだ。

「でね、詩織ちゃんがね――」

少し安心して、俺は詩織のことを立て続けに話す祈の言葉を聞きながら、家に帰っていった。

話題というものは、熱しやすく冷めやすい。

というか、これに関してはやはり祈の運が大変悪いのかもしれない。

ゴールデンウィーク明けの月曜日。

朝、教室での祈はいつも通りだった。

いつも通りボッチだった。

「おかしい、先週はみんなあんなにフレンドリーだったのに……！」

「そら連休前の話だしな」

がっくりして机で頭を抱《かか》えている祈に、俺は肩を竦《すく》めた。

「でも、前とは絶対違うぞ」

「嘘《うそ》だぁ」

いや、泣きそうになられても困るんだが。

……ほら、違うぞ。祈。彼女に近づく影《かげ》がある。

「おっはよー、小鳥遊さん！　ソフトボール部に入らないかい？　どうどうどう？」

「ふぇっ⁉」

「葵《あおい》ー、無理やりはよくないよー。おはよー、小鳥遊さーん」

「お、おは、おはよう……」

「おっはよ、祈ちゃん！　今日も美少女だねぇ！」

「お、おはよう……。…………。え…………？」

白鳥さん、タミ、詩織。

ソフトボールでチームになったクラスメイトからは、挨拶《あいさつ》されるようになっている。

その事実に、ポカンと口を開ける祈に対し、

「ほら、違ったろ」

そう返し、俺はペットボトルのお茶を飲むのだった。

九話 ■ 女の子のセイイキ

数日後の昼休み。こちらに揉《も》み手《で》しながら近づいてきたのは、トシだった。

「鏡夜《きょうや》、持ってきてくれたか？」

「ああ。昨日深夜にいきなりメールしてきやがって。起きてたからいいが、せめて夜頃にしてくれ」

「だって深夜にムショーに手作り弁当が食べたいってなったんだよ！　コンビニの弁当最近上げ底パねえじゃん!?　意識高い女子のミュールレベルで底上げしてるじゃん!?　というわけで、オカンこと鏡夜先生にお願いしたわけでありますよ」

「色々釈然《しゃくぜん》としないが、ほれ」

昨日トシから急にメールが来た。お弁当が食べたいという旨《むね》のメール。祈《いのり》のと合わせて三人分。まぁ手間はあまり掛からないので、労力は誤差の範囲《はんい》ではあるが。

「早く弁当を作ってくれる彼女ができればいいいな」

「うん……」

トシは俺から包みを受け取り、近くの空いていた席に座るとそれを開ける。

そこには、おにぎり、卵焼き、たこさんウィンナー、コールスローサラダ、唐揚《からあ》げ、きんぴらごぼうというラインナップのお弁当。そしてこんにゃくゼリーつき。

「うっひょー、オレの好きなもんばっかり！」

「卵焼きはちゃんと甘いから安心しろ」

「さすが、分かってるぅ！　しょっぱい卵焼きは卵焼きじゃねえ！」

トシは甘い卵焼きが好きだ。俺が普段《ふだん》入れるのは塩と出汁《だし》が効いたものなのだが、トシは幕の内にでも出てくるような甘い奴《やつ》が好物なのだ。こいつの両親は料理をしないらしく、その影響《えいきょう》で昼食は学食やコンビニが主。見かねて弁当を分けたのがきっかけで、最初はおかず単位で要求していたのがエスカレートし、今では頼《たの》まれるときには弁当丸ごとになっている。別に迷惑《めいわく》ではない。ちゃんと金も払《はら》ってくれるし。

それに……。

「うめっ！　この唐揚げ冷めててもジューシーで……きんぴらもピリッと七味効いてていいなこれ。おふくろの味だわ、ってオレ母さんの料理の味しらんけど」

こう、美味しそうにそれを食べてくれるのを見ると、俺も何となく嬉しいのだ。

「ぷっは、ご馳走《ちそう》さん。はい代金。ゲームやろうぜゲーム」

「はいはい」

無事完食。代金を受け取り、誘《さそ》われるがままトシとスマホアプリで対戦する。スマホアプリにしては戦略性のあるゲームで、効果的にスキルを発動させないと相手を倒《たお》せない。しばらくそれに没頭《ぼっとう》する。しかし途中《とちゅう》、普段よりも目がかすむような感覚に陥《おち》った。深夜まで起きてたこともあるし、思ったよりも寝不足《ねぶそく》かもしれない。心なしか頭も少し重い気がする。

「なあ、鏡夜」

その声で、考え事から戻《もど》った。スマホで時刻を見れば、昼休みも半ば。スマホアプリでの対戦に飽《あ》きたのだろう。トシが視線を別の方向に向けた。それを追うと、詩織《しおり》と——祈の姿があった。どうやら詩織の席を中心に弁当を広げていたようだ。

耳を澄《す》ませる。俺は少し耳がいい。トシ曰《いわ》く地獄耳《じごくみみ》なんだそう。自覚はないが。

「でねー、そこのうどん屋さん替《か》え玉《だま》できなくてさぁ。二杯《はい》は財布《さいふ》に厳しいでしょ?」

「う、うん。厳しい」

一所懸命《いっしょけんめい》、祈は詩織の話についていっていた。頑張れ。

トシは何を話しているかまでは聞こえないらしく、むうと唸《うな》っている。

「何話してんだろうな、うちの学校の美少女ツートップがさ。お前、聞こえる？」

「今一つだな。意識してないと聞こえない」

「耳いいお前でもそんなもんか。んー、にしたって癒《いや》しだよなあ。可愛い女の子同士が戯《たわむ》れている様は、何でこんなに心安らぐんだろう……」

目を細めてありがたがっているトシの気持ちは、まぁ分からんでもない。祈も詩織も、見た目なら屈指の可愛さだからな。相当可愛い部類だ。そこら辺のアイドルにも引けを取らない。

「まぁ、見てくれはいいよな、二人とも」

「だよなー。でもさあ、癒しに一文字足すといやらしだよなあ」

ゲヘゲへ笑っているトシ。こいつはホントに。ゲームかこういう話くらいしかしないのがアレだ。もう少し、こう。ないのか、他の話題。

「ま、ほどほどにな」

そう返しておき、祈を見る。

……大丈夫かな、あいつ。

◇

私こと小鳥遊《たかなし》祈は、もう死んでもいいくらい嬉しかった！

憧《あこが》れだった可愛い美少女と友達になれて、挙句に憧れの日常会話まで交《かわ》せている！　自分のレベルアップの能力上昇値《じょうしょうち》に驚きもするけど、まさか、まさかだよ！

「？」

小首を傾げている、学校のアイドルこと詩織ちゃんとこうして話せるようになるなんて！　挙句に友達だなんて！　もう無理、キュンです！　キュンキュンキュンです！

ていうか今日の卵焼き甘《あま》い。珍《めずら》しいなあ、いっつもしょっぱいのに。

「でさー、祈ちゃん」

「な、なぁにー？」

「鏡夜君のこと、好きなの？」

にんまりと笑う詩織ちゃん。うわあ、そんな笑顔も素敵《すてき》すぎて死んじゃう。

……え？　っていうか、何ていった？　私が？　あいつを？　好き？　Ｗｈｙ？

思わず首を横に振りまくる。

「な、ないないない！　あの妖怪《ようかい》パンツ洗い！」

……あ。鏡夜と目が合っちゃった。

き、聞こえてないよね？　まさかね？　聞き耳なんて立ててるわけないし、うん。

あれ、スマホにメッセージ？

『後で覚えてろよテメェ』

ひぃぃぃぃぃ！　聞こえてたぁ⁉　ヤバいよ、あいつ友達だけど怒《おこ》ると怖《こわ》いんだもん！

どうしよう！　何かお詫《わ》びのアイテムを渡《わた》すしかないの？　でも冷蔵庫のハーケンダッツは私のものだから。名前も書いてあるから！

「ねえねえ、鏡夜君が何で妖怪パンツ洗いなの？　ねえねえ？」

「あ、あのね……」

食いつき凄いなあ、詩織ちゃん。とりあえず、説明する。

「実はあいつ、うちにアルバイトでお手伝いさんしに来てくれてるの。家事とか、全部やってくれてて。面倒《めんどう》見てもらってて……あいつとはね、すんなり話せるの」

「あー……なるほど、だから」

詩織ちゃんはぽむっと手を打つ。手、柔《やわ》らかそう……。

「祈ちゃんと友達になれてたのってそういう……。なるほど、家近いもんね。それで、鏡夜君世話好きだし。だから――」

「あっ⁉」

「こう、弁当の中身も、味付けも、おんなじだったわけだね」

たこさんウィンナー盗《と》られちゃった……楽しみにしてたのに……。

「わ、私のたこさんが……」

「ふっふっふー、そんな祈ちゃんにはワタシの食べかけのメロンパンを一口あげる！」

「い、いいの⁉　わぁぁぁ！　シェアってなんかすっごく友達っぽいね！」

嬉しいなあ！　ふふふ、詩織ちゃんとメロンパンをシェア！　やったぜ！

でも、詩織ちゃんはちょっと苦笑《くしょう》してる。なんか申し訳なさそうな顔？　をしてた。

「な、なんかごめんね、祈ちゃん。今度何か奢《おご》るよ！」

「い、いえいえ！　むしろ、何か奢らせてください」

「ぷっ、何それ！　祈ちゃん、なんか面白《おもしろ》いね！」

お、面白いかな。でも喜んでくれてよかったぁ！　話つまんないより億万倍マシだよね！

そういえば、と詩織ちゃんが訊《き》いてくる。

「洗濯《せんたく》も鏡夜君がやってるんでしょ？　いいの？　女の子的に、その、下着とか」

くっは、恥《は》ずかしがってるところとかマジで美少女過ぎて百万回保存したい。

でも、洗濯に関しては……うん……私、無力だなあ。

「そ、そんなしょんぼりしなくても……」

「だ、だって。私、洗濯の仕方知らないし……詩織ちゃんは？」

「え⁉　あ、いや、その……せ、洗剤《せんざい》入れて、柔軟剤《じゅうなんざい》入れて……？　……うん、まあ、あれだよ……」

「仲間ってことだよね！」

「そ、そだね……」

あれ、詩織ちゃんとおそろい、私は嬉しいんだけどなあ。詩織ちゃんは微妙《びみょう》そう。

「で、でも、なんか意外だなあ。詩織ちゃん、何でもそつなくこなしそう。もうあれ、お嫁《よめ》さんにしたい」

「あはは、祈ちゃんってば。女の子が女の子をお嫁さんにしたいとか普通《ふつう》ないよー」

「そ、そうかな……」

いやむしろ結構本気でしたい。詩織ちゃんに嫁に来て欲《ほ》しい。

「それに何でもそつなくはいかないよ。家事とかは特にね。料理だって、ワタシが作ると豪快《ごうかい》な……なんというか、男の子の作るご飯になっちゃうから。ニンニクガッツリチャーハンとかじゃがいもと肉しか入ってないカレーとか……」

え、普通に美味しそうだけど、ダメなのかな。作れるだけで尊敬するけど。

詩織ちゃんは割とへこんでるっぽい。肩落としてるし。華奢《きゃしゃ》だなあ、守らなければ。

「女子力、欲しいなあ」

「そ、そんな！　詩織ちゃん女子力溢《あふ》れまくってるよ！　だ、大洪水だよ！　詩織ちゃんメチャクチャ可愛いから！　そんな一面すらも、と、尊いから！」

「と、尊い……？」

「あ、と、尊いっていうのは……素晴《すば》らしい、とか、もう凄くありがたみしかないという意味でね？　詩織ちゃん、本当に可愛くて……！」

「あ、ああ。尊いってそういう意味なんだ」

納得《なっとく》してくれた。私の説明で伝わったのかは微妙だけど、素晴らしいってことは伝わってるといいなあ。

「ねえねえ、祈ちゃん。今度家に遊びに行っていい？」

「うん！」

何度も頷いてしまう。うわぁ！　詩織ちゃんが我《わ》が家《や》に……⁉　やっぱ部屋は片付けるべき⁉　そうだよね、いざとなったら鏡夜に手伝ってもらおう。

「料理のリクエストは鏡夜君にいえばいいのかな？」

「うん。わ、私も手伝うからね！」

「えー？　なんか虹色《にじいろ》に光るスライムとか出てきたりしない？」

冗談《じょうだん》だって分かるから、二人で笑ってしまう。いいなあ、時よ止まれ……この瞬間《しゅんかん》を永遠にしたいなあ……最高過ぎる。

「あ……」

外が視界に入った。朝は晴れ間が出ていたのに、雨が降り出してる。

「どうしよう、傘《かさ》ないや……」

「ふっふーん、祈ちゃん。入れていってしんぜよう」

「ほ、ホント⁉ 詩織ちゃんと相合傘《あいあいがさ》⁉」

ヤバい、たぎる！ テンションが達する！ 達するパフ！

放課後、楽しみだなあ。相合傘かぁ、うへへへ。アイドル独《ひと》り占《じ》めだぜ。


私が家に戻ると、鏡夜がびしょぬれでリビングにいた。いや、湯気が立ってる。お風呂《ふろ》上り？ ホカホカしてる。

「わりーな、祈。降って来たから近かったお前の家に避難《ひなん》してシャワー借りて……って、なんでお前濡《ぬ》れてないわけ？ お前も傘なかったはずだろ」

お、お風呂上り……って、なんか……すごく、ドキドキする。

鏡夜は私の家に制服のシャツを何枚かおいてあるから、それを羽織ってるんだけど。な、なんか、いつも制服はきっちり着てるから、逞《たくま》しい胸板《むないた》……とか……お腹《なか》らへんとか……少し露出《ろしゅつ》してるところがやけに目に入るというか。

お、男の子なんだなあ……。分かってたけど、なんか直視できないよ。別の話題をひねり出す。

「あ、あのね！　今日は、詩織ちゃんと……うへへ、相合傘しちゃったんだぁ！　送ってもらえたから私は濡れなかったの！」

「ほー。思ってた以上に順調だな、祈。よかったじゃん」

「えへへ」

「まぁそれはそれだ。お前、昼のことは覚えているか？」

「お昼？」

詩織ちゃんとの楽しいランデブー以外に何かあったっけ。

「そこに座《すわ》れ」

ソファーを指さされたので、そこに座る。

え、足……？　何で触《さわ》るの？　……って、

「あああああああああ〜〜〜〜〜〜〜っ⁉　痛い痛い痛い痛い⁉」

「テメェ誰《だれ》が妖怪パンツ洗いだコラ。散々世話してやってんのにテメェはそんな認識《にんしき》か？　そんな認識なのかコラ！」

「ひぃぃぃぃ！　ひぃぃぃぃぃ！　や、やめて、痛い、やめ、いたたたたたっ⁉」

わ、忘れてた。妖怪パンツ洗い……。それでしばらく足つぼを押された。

痛い……こいつ絶対女の子を大事にしてない。ひどい。でも優《やさ》しいんだよなあ。私に呆《あき》れないで付き合ってくれたし、友達ができたのも鏡夜のおかげだし。

何だかんだ、私を思ってくれているのは伝わってくるから。嬉しい、と思う。

鏡夜はやり返すけど根に持たない。あっさりとリビングからキッチンに向かう。

「さーて、夕飯作るからな。何がいい？」

「チャーハン！」

「はいはいチャーハンね。お前手が掛《か》かんねえなあ」

ん？　何か、鏡夜、ちょっと足取りが変？

気のせいかな。

しばらくして出来上がったのは、人参《にんじん》と玉ねぎとベーコンのチャーハン。ワカメの中華《ちゆうか》スープが付いてる。ごま油のいい香りがするなぁ。

そういえば、鏡夜はワカメスープの作り方を教えてくれたけど。中華出汁の素を入れて、塩で味を調《ととの》えて、ゴマ油を垂らして、ゴマを振《ふ》りかけるだけっていうけど。

スープ単品でほしい時ってあんまりなくない？　焼肉屋に行くとほしいけど。

「ん？」

スープを飲んで感じた違和感《いわかん》。何か、いつもの味付けと違《ちが》う。いつもはマイルドでおふくろの味的な感じだったんだけど……なんか、尖《とが》った味がしてる。

「どうした、祈」

「ちょっと、スープしょっぱい？」

「あ、そうか？　悪い、祈。あれならお湯差してくれ」

「そ、そこまでじゃないけど……」

珍しい。いつも丁度いい味加減なんだけど……。チャーハンもちょっと塩気が強い気がする。

あれ、何か……鏡夜、顔赤くない？　こんな顔だったっけ？　いや、違う。いつもの鏡夜じゃない！　なんか変だ！

と思ったら、ぐったりと机の上に伸《の》びてしまった。こんなに力のない鏡夜は初めて見る！

やっぱ大丈夫じゃない！

「ちょ、鏡夜！　大丈夫なの、鏡夜⁉」

「し、心配するな、祈。なんか、力が入らなくて……」

も、もしかして……これ、あれかな。馬鹿は引かないやつなのかな。

額に手を当てる。

「あっつ⁉　え、これ、もしかして……」

「みたいだな……熱だ」

……ど、どうしよう……！

十話■病人に寄り添う乙女の作法

くそったれ、動け俺の体。祈《いのり》の家のリビングの机から、何とか身を起こす。雨にうたれて熱とかアホか。猫《ねこ》助けた時だって風邪《かぜ》なんか引かなかったし、熱も出なかったのに。頭いてえ、頭回んねえ……。

何とか、食卓《しょくたく》から離脱《りだつ》する。そのままソファーに座り込《こ》んだ。たったそれだけの行動なのに、呼吸が荒《あら》くなっている。いよいよ体調が悪化してきてるな。

「だ、大丈夫《だいじょうぶ》なの!?　ねえ、鏡夜《きょうや》！」

「ちょっと、静かにしててくれ……。大丈夫だ、しばらく休めば、家に帰るくらいはできる」

深呼吸しろ。全身に血液を回せ。休んで、ゆっくり寝《ね》て、明日学校に行くかどうか判断しよう。学校はあんま休みたくない。親にも心配かけたくないし。

ん？　祈がこっちを見てる。心配してそうな、不安そうな顔だ。

「つ、つらい……？」

「そりゃな。体重いし……頭いてえし。もうなさけねえったら……」

弱気にまでなってしまったか。祈にみっともない姿を見せたくなかったんだけど。

何を思ってるんだろう。彼女《かのじょ》はまっすぐに、俺を見ていた。

「……鏡夜、今日はここに泊《と》まってって！」

「いや、帰るぞ。女子の家に野郎《やろう》が泊まるわけには……」

「だ、ダメ！　そんな辛そうな顔して、外に出せないよ！　泊まってってって！」

いつもなら、断っていたし、言い返す元気もあっただろうけど。

もうなんか、果てしなくだるいし。休めるんなら、休ませてもらいたい。言い返して抵《てい》抗《こう》する気力すらも、もう残っていなかった。ただただ倦怠感《けんたいかん》が凄《すご》い。

「……わり。じゃ、空き部屋借りるわ」

「うん！　ほら、支えるから！」

「やめとけ……うつるぞ、せっかく濡れなかったのに」

「大丈夫。私馬鹿だから風邪ひかないし！」

その謎《なぞ》のメンタルは見習いたい。相変わらずの祈に、何だかホッとした。

支えてもらいながら、何とかゲストルームのベッドに寝転《ねころ》がる。疲れが思い出したかのようにぶり返す。重い体が沈《しず》んでいくような感覚もしていた。マジで体調を崩《くず》すのは久々だから、慣れない感覚に体が付いて行かない。

うあー……ダメだ、もう。何も考えらんねぇ。

俺はそのまま、意識を失った。


翌朝。見慣れない天井《てんじょう》だ。ああ、そういや。祈の家で寝たんだっけか。昨日のことを思い出そうとして、頭痛が襲《おそ》って来た。同時に、理由を思い出す。そうだった、体調不良だった。体に力を入れようとしても、いつも通りにいかない。

そばには祈がいたみたいだ。不安そうにこちらを覗《のぞ》き込んでいるのが視界に入る。

「ね、ねえ。大丈夫？　具合良くなった？」

「……おう」

身を起こしてみる――即座《そくざ》に寒気が襲って来た。行動も半端《はんぱ》に終わり、結局寝ころぶ羽目になった。

くっそ、治ってると思ったのに。解《げ》熱剤《ねつざい》も飲んでなかったのがマズかったのか。あのまま寝っぱなしだったのか、俺……。

学校は無理だな。この状態じゃ行けるわけない。よしんば行ったとしても、そのまま帰されるのは目に見えている。

祈はただただ心配そうにこちらのシャツの裾《すそ》を握《にぎ》っている。着替《きが》えもしてなかったので、俺は制服のままだ。

「ね、ねえ。何かしてほしいことはない？　ひ、膝枕《ひざまくら》とか！」

「それ、病人に意味あんのか……？　アホなこと、言ってねえで、学校行け。ついでに俺は熱出して休むこと、担任に伝えてくれ」

「で、でも！　辛そうだよ⁉」

「寝てりゃ治るから心配すんな。いいからさっさと学校行け。俺のせいで休むなよ？　そんなことされても、全く嬉《うれ》しくないからな」

そう言い切って、目を閉じる。じんわりと疲れが全身に広がっていく。

体はもう限界らしく、すぐに眠《ねむ》りは訪《おとず》れた。

◇

私——小鳥遊《たかなし》祈は学校に来ていた。四限目まで受けたけど、授業の内容は覚えてない。

思い出すのは、辛そうな顔をする、初めての友達の顔ばかり。

……鏡夜、大丈夫かなあ。辛くないのかなあ。

そうだ、メッセージ。寝てるかもしれないけど……今はお昼休みだし、送っちゃえ。

あ、すぐに返事来た。


『こっちは大丈夫だ。いいから勉強しろ』


びょ、病人にまで心配されてるの、私……。どんだけ馬鹿だと思われてるんだろう。まぁ馬鹿なんだけど。けどテストの点数は最下位じゃないんだよ？

「あ！」

そうだ、鏡夜の両親に相談しよう。なんなら、鏡夜の看病してくれそうだし！

メッセージを送ると、電話がかかって来た。

「あ、あの、小鳥遊です！　きょ、鏡夜君が、熱……！」

『こちらこそごめんなさいね。改めまして、鏡夜の母です。鏡夜の具合、詳《くわ》しく教えてくれますか？』

「は、はい！　あの、熱があって、だるそうにしてます……でも、さっきメッセージ返してくれて、本人は、だい、だいじょうぶ、って言って、ます」

『そうですか……実は今、私も夫も出張中で、すぐに帰るのが難しいんです。……こんなことを頼んでしまって申し訳ないですが、祈さん、鏡夜の看病をお願いできますか？　私たちもなるべく早く戻るようにしますので』

「あ、は、はい」

『本当にごめんなさいね。もし何かあったらすぐに連絡《れんらく》してください』

「は、はい……！」

『ありがとう、祈さん。鏡夜のこと、よろしくお願いします』

丁寧《ていねい》にそう言われて、鏡夜のお母さんとの通話は切れた。

看病、だよね。やっぱり。鏡夜のお母さんにも頼まれちゃったし。

うん、早退しよう。こんな状態じゃ、勉強なんて身に入らないよ！　喜ばないだろうけど、一番の友達だし、ほっとけない！

でも、看病ってどうやるんだろう。何か、栄養ドリンクでお米を炊《た》くんだっけ？　いや、なんかすっごくマズそう。こんな知識じゃダメに決まってる。

友達に頼《たよ》ってみよう！　それがいい。私より絶対に知ってると思うし！

私は自分の席から詩織《しおり》ちゃんの席へと小走りで向かった。

「し、詩織ちゃん！」

「んー？　どうしたの、祈ちゃん」

スーパーロングなホットドッグを食べてた詩織ちゃん。どこで売ってるんだろう。

「あのね……！」

鏡夜が熱を出して倒れて、看病したい旨を伝えた。

え、何か詩織ちゃん、ニマーって笑ってる……！　メッチャ可愛い！

「だったら、祈ちゃん自身でどうにかしないと。自分で、ね？」

「……！」

それも、そうだよね。

看病したいのは自分なんだから。私が、どうにかしなきゃだ！　人を頼るのは最終手段だよね！

「ありがとう、祈ちゃん！」

「なんのなんの。ふぁいとだよ！」

よし。まずはスマホで看病の仕方を調べるぞ！

文明の利器万歳《ばんざい》！　これで、私も立派な看病マスターに！

――ネギを巻くと効果あり。ネギを巻くのは効果なし。栄養ドリンクで薬を飲めば一日で直る。ドリンク剤《ざい》などで薬は絶対飲んじゃダメ。食事は好きなものを食べるべし！　食事は体に優しいものを――

スマホをしまう。絶望感が私を襲ってきた。

ヤバい、何が正解なのかわかんない……！　この膨大《ぼうだい》な情報の海の中から正解を選ばなきゃいけないの？　どれが正解かヒントもないのに？　無理ゲーじゃん！

……で、でも、だよ。

ちらりと、クラスを窺《うかが》う。クラスメイト達が、今は談笑《だんしょう》してた。

クラスの人達なら、知ってるんじゃないかな。看病。私よりは、詳しいはず。

そう思って、クラスの人だかりに足を運ぶ。

もう一歩、というところで、足が止まってしまった。

怖い――怖いよ。

白い目で見られたらどうしよう。馬鹿にされたらどうしよう。

友達じゃないくせに聞いてもいいのかな。図々《ずうずう》しくないかな。分からないよ。

へ、返事をちゃんとくれるかな。笑われたり、しないかな。

看病も知らないような奴って、おかしい奴認定《にんてい》されないかな。

色々、考えちゃって。ぐるぐるしてきて。頭が、おかしくなりそうになる。顔が強張《こわば》っていくのを感じる。

言葉が出ない。勇気が出ない。言葉が、紡《つむ》げない。

臆病者《おくびょうもの》。卑怯者《ひきょうもの》。結局、自分からじゃダメなのかな。

鏡夜の時もそうだった。彼《かれ》から友達って言ってもらったから、安心して聞けたんだ。

詩織ちゃんの時もそうだった。笑顔《えがお》を向けられたから、勇気が出せたんだ。

本当の私は、ただのチキンだ。何も、私、変わってない。あの時の、ボッチの時のまま、何も変わることができてない。

せっかく友達ができたのに、私はどうしようもなく、私のまま――

変わらないのかな、友達ができたのに。そうしたら、人生がキラキラになるはずだったのに。私は、今、友達のために、何も――

――友達――

鏡夜……鏡夜、苦しそうだった。あんな顔したことなかったのに、弱っているところなんて、誰にも見せてなかったのに。

そういう弱点がない人だと思ってた。何でもできて、何でもこなして。家事だって、勉強だって、運動だって。鏡夜が頑張《がんば》ってくれたから、こうして、友達も――

その友達が、苦しいって言ってるのに。

私は——何も、できないの？　何もしないの？　見ているだけ？　思うだけ？　見てみぬふりをするの？　——そんなの、冗談じゃない！　絶対しない！

「あ、あの！」

気づけば、声が出ていた。

ソフトボールで一緒《いっしょ》になった女の子二人——大鷺《おおさぎ》さんと、白鳥《しらとり》さんが、こちらを見てくる。

怯《ひる》むな！　怯《おび》えるな！　無表情に逃《に》げるな！

声に出せ！　思いを伝えるんだ！　笑われたっていいから、勇気を振り絞《しぼ》れ！

鏡夜の顔を思い出す。——それだけで、まるで魔法《まほう》のように、顔の強張りが、消えていくのを感じた。

「き、きょ……いや、友達が、ね、熱出して……か、看病したい、けど、看病が、分からないの！　お、おしえて、くださ……い……！」

……二人は、ポカンとしていた。

こ、言葉が変だったのかな。聞き取りにくかったのかな。

それとも、こんなこと聞くの、やっぱり図々しかったのかな。友達でもないのに。

顔が赤くなっていくのを感じる。だ、ダメだぁ。顔は強張らなかったけど、一々真っ赤

になってちゃ絶対変だよ！　私だって警戒《けいかい》するもん！

それでも……なんだかのんびりしてそうな大鷺さんが、ニコーっと笑う。笑ってくれる。

「おー、看病ねー。いいねえー。看病はねー、とりあえず消化にいいもの食べさせよー。なるたけ温かいやつ。汗《あせ》をかかせるの」

「う、うん」

言われたことを、ルーズリーフの端《はし》にメモっていく。

「あ、冷却《れいきゃく》シートも買うといいよ、小鳥遊さん！　さあ、ソフトボール部に入ろう！」

「葵《あおい》ー、だから無理やりはよくないよー。小鳥遊さん、改めてぇ。わたし大鷺拓海《たくみ》。タミって呼んでねー？　友達になろ？」

のんびりしてる彼女がそう言う。うわあ、なんというか、ちんまくて可愛《かわい》い。癒し系《けい》だ。

「アタシは白鳥葵！　よろしく！　アタシも友達になりたいぞ！」

ショートの髪が似合う元気な女の子がそう言う。こっちも顔綺麗《きれい》……！　いかにも活発でスポーツマンな感じ！

「わ、私、小鳥遊、祈……よ、よろしく。あの、他には！」

「そうだねー」

食べ物は雑炊《ぞうすい》やうどん、おかゆ、おじやなどが良いらしい。スポーツドリンクと解熱剤《げねつざい》も有効なんだとか。生姜《しょうが》があればそれも入れていいらしい。

背中を拭《ふ》いてあげるところで二人は盛り上がってたけど……あ、あいつの背中、拭くの？

……逞しい背中を想像して、何かこっちまでドキドキするし。

「で？　で？　相手は誰？　恋人《こいびと》なのか？」

「あ、あくまで、その、と、友達、です」

な、何か二人ともニヤニヤしてるし！　すっごくニヤニヤしてるし！

「ふーむ、これは……！」

「いやいや葵ー。ツッコむのは野暮《やぼ》というものよー」

「そだな！　ま、その友達とやらが全快したら、聞かせてもらおうかな！」

な、何訊かれるんだろう。

で、でも。看病の情報が手に入った。二人は報告よろしくと言いながら去って行く。

やった、これで……看病ができる！

「あ、あれ？」

安心したら、自分の席にへたり込んじゃった。

あ……。背中から、何だかいい匂《にお》い。抱《だ》き着かれてる。温《ぬく》もりが伝わってくる。人肌《ひとはだ》に、自分が安心していくのが分かってしまう。

横顔が見える。詩織ちゃんだ。

「会話苦手なのに、うん。祈ちゃん、よく頑張ったね……！　凄いよ……！」

ポンポンって、背中叩《たた》いてくれてる。頑張ったねって、褒《ほ》めてくれてる……！

何か、すっごくドキドキするけど。落ち着くなぁ。何か、何だか……、

「………」

「？　どしたの？」

「や、ヤバい。オギャりたい」

「お、オギャる？」

オタクワードに首を傾《かし》げてるけど、今は説明する時間が惜《お》しかった。詩織ちゃんのおかげで元気が出た！　具体的には、立ち上がって、駆《か》け出せるくらいの元気が！

「……ありがとう、詩織ちゃん。私、早退する！」

「ん！　後は任せてね？」

友達の言葉を背に。

私は、とりあえず学校を出て、ドラッグストアのある方向へ、駆け出して行った。

◇

……なんだ、匂いがする。出汁《だし》……？　カツオベースの何かが、煮込《にこ》まれてるような。

そんな匂い。目を閉じたまま、そんな匂いで俺《おれ》は目覚めたらしい。

鼻は利《き》くようになったか。そうだな、咳《せき》も鼻水もない。ただ熱があるだけ。

目を開けると、俺──観音坂《かんのんざか》鏡夜は、未《いま》だに祈の家の部屋にいた。ドアは微《かす》かに開いてる。そこから匂いが入ってきたんだろう。

……ん？　誰が料理してんだ？　祈か？

あいつ、料理なんかできたっけ？　まぁ、うどんくらいは作れるよな。麺《めん》はそりゃ買うだろうし、出汁だって顆粒《かりゅう》で十分だし、そこにミリンと醤油《しょうゆ》を落とせばいいだけだもんな。

あ、匂いが変化してる。生姜でも入れたか。やるじゃん、風邪には生姜だよな。体を温める作用が──

いや、だから。それができるようなやつだったたっけ？

「……」

不安になり、身体を起こす。具合は良くなったらしく、起き上がることができた。

「あ、ちょっと！　寝てないとダメだってば！」

祈が一人用の土鍋《どなべ》を鍋掴《なべつか》みで持ち、やってきた。

そのまま直でテーブルに置こうとして、俺はそれを止めた。適当な古雑誌を敷《し》くように言って、その上にうどんが置かれる。

ほほう、油揚《あぶらあ》げとシイタケ、鶏団子《とりだんご》にかまぼこまで乗ったうどんだ。

「お前、料理できたんだな」

「これ、冷食。本当は、手作りしたかったけど、失敗したら困るの鏡夜だし。これ、一番美味《おい》しいところのなんだ！　それに、チューブの生姜入れてみたの」

確かに美味《うま》そうだな。ふわりと香るカツオと昆布《こんぶ》、それからアゴ出汁かな。それらと同等に生姜の香りもしている。総じて、いい香りだ。

冷凍《れいとう》のうどんなんて食べるのいつぶりだろう。俺が料理ができなかった頃《ころ》、そこそこ食べていたけど。家を空けがちな両親だったから、冷食はとてもありがたかった。

でも、こんな豪華《ごうか》な具材が乗ってるやつは買わなかったなぁ。

そう思いながら、一口食べてみる。

……味が分からん。でも、何となく塩気も感じるし。匂いはとても好きだ。

「ありがとな、祈……」

「あと、これ」

解熱剤とスポドリか。

うどんを食べ終え、薬を飲み下し、俺はもう一度布団《ふとん》を被《かぶ》る。

「ん！」

額に何か貼《は》られた。冷たくて気持ちがいい……。冷却シート、なのか。

ん？　祈はもぞもぞと布団の中に手を伸ばし、俺の手を握ってくる。

「……馬鹿。お前まで風邪ひくぞ」

「だから、私馬鹿だし。風邪なんか引かないの」

「…………心配してやってんのに」

「風邪が治ったらいっぱい心配して。それまで、私の心配するの禁止！」

「それは、雇《やと》い主《ぬし》として？」

「友達としてに決まってるじゃない！」

「……そんじゃ、何も言えないわな」

笑えているだろうか。微妙なところだが、取り繕《つくろ》う体力は流石《さすが》になかった。

人肌というものは、正直落ち着いてしまう。

こんなにも肌寒《はださむ》いのに。悪寒《おかん》は消えないというのに。頭が回らないというのに。

手から伝わる温もりが、熱が――じんわりと染みこんでいく。

寝すぎていたと思っていたけど、すぐにまた、俺に眠りが訪れる。

◇

私——小鳥遊祈は、繋《つな》いだ手の感触に少し新鮮味《しんせんみ》を感じていた。

最近繋いだ、詩織ちゃんのとは全然違う。おっきくて、ごつごつしてて。本当に、男の人！　っていうような、そんな手。

不安そうだったから、思わず手を繋いだけど。大胆《だいたん》だったかな。てか、意外だよ私。こんなに行動力あったんだ。

彼の寝顔《ねがお》を見る。穏《おだ》やかな顔だ。昨日や今朝に見た、苦しそうな顔じゃない。

……まぁ、鏡夜が早く元気になってくれればいいな。

いつも通り家の中を我が物面で歩いてて、ご飯を作ってくれたらいい。

洗濯はちょっと困るけど、彼がやってくれるといい匂いがする。洗剤は同じなのに、何が足りないんだろう。

掃除《そうじ》だってそうだ。いつも綺麗にしてくれてるし。

いつの間にか、鏡夜がいるのが当たり前になってきてるんだ。

……思い出す。

過去に、一度だけだったけど。

私も風邪を引いたことがあった。そして、運が悪いことにお父さんもお母さんも仕事で家にはいなかった。

広い部屋に、たった一人。誰もがそれぞれの日常を送っていて、そこから隔離《かくり》されてしまったかのような。そんな静かな部屋で、ひとりぼっち。

苦しかったし、辛かったけど、何より――寂《さび》しかった。

鏡夜も同じだと思う。寂しくないわけない。ひとりぼっちは、寂しいもん。絶対。

看病の効果は、あったはずだと思う。

だって、こんなに穏やかな顔をしてるんだから。

「……」

鏡夜には、色んな表情がある。

そりゃ人間だから、表情が変わるのは当たり前なんだけど。

鏡夜はあまり表情豊かな方じゃないと思ってた。いつも仏頂面《ぶっちょうづら》というか。最初出会った時はマジで怖《こわ》かったし。それから、仕方なさそうな顔をして世話を焼いてくれた。

教室に行くと、笑顔だった。大声で笑うんじゃなく、顔だけで軽く笑う感じ。そのうち、家でも見せてくれるようになった。私に向けられるのは、学校の時とは少し違う、仕方なさそうな笑《え》みというか、そんな感じだったけど。

それから友達になって、色んな顔が見られるようになった。

驚《おどろ》いたり、怒《おこ》ったり、苦笑《くしょう》したり。

でも——弱っている姿は、見せてくれなかった。

なんか私も、いっつもこっちが助けてもらっているから、そういう部分がないものだと思い込んでたんだ。私はこいつを何だと思ってたんだろう。

鏡夜だって、私と同い年なんだし。色々あるんだと思う。

弱っている彼の顔は、どうしようもなく不安になったけど。今こうして、落ち着いた顔を取り戻《もど》してくれて、心底嬉しい。

こうしてみると、顔立ちは悪くないなぁ。ちょっと怖いだけで、結構整ってる。寝ている顔は、何だか少しあどけなくて、思わず眺《なが》めてしまう。

これから、鏡夜の色んな表情、見れるんだよね。

この顔は、皆《みな》がきっと知らない鏡夜だ。何となく、それを知っていることに、優越感《ゆうえつかん》みたいなのを覚えてしまう。

両親の海外赴任《ふにん》は最低でも後二年はある。それまでは一緒なんだから、きっとその間にもっと色んな鏡夜が見られるはずだよね。

何にせよ、看病できてよかったと思う。彼の力になれてよかった。貰《もら》いっぱなしだったものが、少しでも返せたんなら、本当によかったと思う。

「……?」

何だか、私まで熱っぽい気がする。顔が、少し熱い？

「うわわ、熱かな。看病した側も熱がでるとか、笑えないって」

慌《あわ》てて部屋を出る。

自分の部屋に歩いて行くが、もうすでに熱は収まっていた。

「……???」

よく分からない現象に首を傾げつつ、そう言えばお腹《なか》が空いていたことを思い出し、冷食のストックを確認《かくにん》しに向かうのだった。

十一話■Dear Girl Friend

携帯《けいたい》電話の目覚ましを止める。深夜にかけておいた。

時刻は六時。そのまま起きて、米を研《と》ぎ、朝食と弁当を拵《こしら》えていく。

今日は期限が近かった魚肉ソーセージと玉子の炒《いた》め物《もの》、作り置きのきんぴらごぼう、味噌汁《みそしる》に里芋《さといも》と人参、薄揚《うすあ》げの具を用意。弁当も似たラインナップ。弁当の方には冷食の余っていたクリームコロッケを突《つ》っ込んでおこう。

朝七時になると、祈《いのり》が眠そうにやってきた。

「よっす、祈。朝飯できてるぞ」

「うん。……？　って、ええええええぇぇ——っ⁉　ちょ、鏡夜《きょうや》！」

大声を出して駆け寄ってくる騒がしい祈に、思わず顔を顰《しか》めてしまった。

「朝っぱらからでけー声出すなよ」

「だ、だだ、だって！　ね、寝てなきゃダメだよ！」

「うるせえ、もう治ったっつの。ほら、運べ」

「……」

何か言いたそうだったが、運んでくれる。

配膳《はいぜん》した食事を、二人で突つく。何やら無言だったのでテレビでもつけようかと思ったら、それは押《お》しとどめられた。

「あ、そうだ祈。母さんに連絡してくれたんだってな。ありがとう、助かった」

「あ、うん！　お母さん、すごく鏡夜のこと心配してたよ」

「あー、俺あんまり風邪とか引かないからな。けど、祈がいてくれたから母さんたちも少し安心してた。実際、俺一人だったらヤバかったしな」

苦笑する俺に、祈が心配を隠《かく》さず言う。

「今日は学校行かずに大人しくしてて。暇《ひま》だったら、私の部屋で漫画《まんが》とか読んでていいから」

「……まぁ、病《や》み上がりだしな。でもほれ、もう心配はいらんからな。いっぱい勉強して来い」

「うん、そうする」

「とか何とか言って、今日の五限目の体育の後寝るだろ。古文だもんなあ。いっつも健やかに寝てやがるし。お前先生に睨《にら》まれてんだぞ、毎回。知ってたか？」

「うぐっ……!?」

図星をつかれたらしい。悲しそうな顔をする彼女を手を叩いて急《せ》かす。

「ほれほれ、さっさと食っちまえ」

「可愛くない。昨日寝てた時はすっごく可愛かったのに」

「ウソこけ。こんなごつい野郎が可愛いわけねえだろ」

「可愛かったもん！」

「はいはいありがとな」

可愛いねえ。見慣れて麻痺《まひ》してるんじゃないか、こいつは。

食べ終わって、弁当を持って学校に行った祈を見送ってから洗面台に行く。

うん、いつも通り凶悪《きょうあく》な人相だ。悲しくなってくる。もう少し、なんかこう、中性的なというか。そういう威圧感《いあっかん》のない顔になりたいものだ。

あいつ、可愛いって言ったけど、やっぱ麻痺してるって。これは怖いって。

などと考えつつ、冷静に自分の体調を再確認する。……うーん、昼頃《ひるごろ》まで休ませてもらおうか。まだちょっとだるいし。

寝てばかりで凝《こ》り固《かた》まった肩《かた》を軽く回しながら、俺はすっかりお馴染《なじ》みとなったゲストルームへと向かうのだった。

昼になった。祈の家で簡単な野菜炒めと味噌汁、納豆《なっとう》で昼食を摂《と》り、溜《たま》っていた家事を片付ける。洗濯機《せんたくき》を回して、風呂掃除《ふろそうじ》して、リビングで一息。それから祈の部屋に向かい、漫画を読んでいた。女子の部屋というものは何とも落ち着かないが、一度入ったら気になってた漫画の続巻が見えてしまい、そのままずるずると読みっぱなし。おもしれえわ、やっぱ。少年野球漫画なんだけど、女の子にしては珍《めずら》しい好みだ。詩織《しおり》のやつは少女漫画ばっかだし、タミは何だか年齢層《ねんれいそう》高めの女性向け雑誌を愛読している。そんな中、祈の愛読書は普通《ふつう》の女子高校生とちょっとズレてる気がしていた。

「んあ？」

ポケットの中で何かが震《ふる》えた。取り出したスマホのメッセージを確認。詩織からだ。

『やっほー、鏡夜君。まだ具合悪い？』

『いや、もうだいぶ楽だ。明日には行けそう』

『明日から土日。いやー、月曜日まで、昨日と合わせると四連休だね！』

『やっべー。ノート写させてくれよ？』

『お弁当にチキン南蛮《なんばん》あるならいいよー！』

『病人に対する仕打ちかそれは。……まぁいいよ。祈のにも俺のにも入れとくから』

『話が分かるねぇ！　で、看病どうだった？』

なるほど、そう聞いてくるってことは、看病は詩織の仕込《しこ》みか。

そういや看病のやり方とか知らなさそうだもんな、あいつ。一人っ子だろうし。てかあいつの家族構成未だに謎なんだけど。俺、まだ父親としか電話してないぞ。

『詩織が教えてくれたんだな。ありがとう、普通にできてたぞ』

『ううん。祈ちゃん頑張ったんだよ？』

『何を？』

『クラスメイトに聞いてたの、看病の仕方』

………………！　マジでか。

クラスメイトに話しかける。祈にとって、どんなに高いハードルだったか。それは考えるまでもない。

頑張ってくれたんだな、あいつ。何だか、胸が熱くなる。涙《なみだ》まで出てきそうだ。

ちゃんと、人に話しかけられるようになったんだ。

きっかけは、俺の看病だったとしてもだ。ちゃんと話せたんだな、あいつ。

彼女が被っていた、無表情の仮面。それが消えていっている。これほど喜ばしいことはない。

最大のハードルをあいつは自力で超《こ》えたんだ。きっと今の祈なら、あれだけ口にすることを恐《おそ》れていた「友達になりたい」の言葉だって、状況《じょうきょう》次第《しだい》できちんと言えるのではないだろうか。

そう素直《すなお》に思えるくらい成長した祈のことを、俺は友人の一人として誇《ほこ》らしく感じる。

……でも、これさ。

友達が作れるようになったら、俺はもうお役御免《ごめん》なんじゃないか。

友達を作る手伝いなんて、もう必要ないんだから。そう考えた瞬間《しゅんかん》、胸の奥《おく》のほうで、今まで味わったことのない感覚が過《よぎ》った。本来なら手放しで喜ぶべきなのに。どうして俺はそれが出来ないでいるのだろうか。

「……まぁ、今考えることじゃないか」

スマホにメッセージを認《したた》める。

『詩織も援護《えんご》したんだろ、ありがとな』

『ううん、特にしてない。背中は押したけど。それから鏡夜君、オギャるって何?』

『赤ちゃんになるほど甘《あま》えたいって意味だ』

『うわぁ……祈ちゃんたまに凄《すご》いこと言うよね』

あいつ詩織に対してオギャりたいとか言ってたのか。それはどうなんだろう。やっぱりちょっと頭は残念なのか。

『こっちは元気だから、心配すんな。祈によろしくな』

『うん、お大事に、鏡夜君』

メッセージアプリでのやり取りが終了《しゅうりょう》する。

グダグダ悩《なや》むのは後だ。俺はお返しを忘れない。今俺が返せるのは、家事だ。

今日は、看病のお礼に、とびっきりの料理をこしらえてやろう。

「……うっし！」

意気込《いきご》んで、立ち上がり、祈の部屋から出る。そして冷凍室から、冷凍しておいた半額の和牛ブロック肉を取り出し、解凍《かいとう》しにかかった。

ふう、大体こんなもんか。

……ちょっと作り過ぎたかもしれない。でもまあ、二人なんだ。一人なら絶対に無理だが、今日と明日も食べれば消費しきれるだろう。

「ただいまー……ってなんかめっちゃいい匂い！」

学校から帰ってきた祈が、食卓《しょくたく》に並べられている料理を見て、驚いていた。

「わー……っ！　凄いこれ！　ピザ、ローストビーフ、エビフライに、このスープすっごく具沢山《ぐだくさん》！　あれ、でもこれどこにもお店のマークないよ？　出前だよね、これ。どこのやつ？」

首を傾げる祈に、ちょっと嬉しくなった。売り物に見えるような出来栄《ば》え、ということなのだから。誉《ほ》め言葉なんだろう、多分。

「馬鹿。手作りだ」

「えええええ!?　ピザとか作れちゃうの!?」

「そりゃそうだろ。あんなん小麦粉練って伸《の》ばして具材を散らすだけだし。まぁ生地《きじ》作りの工程がちっとめんどくさいけど」

「ローストビーフは!?」

「焼き目付けて、耐熱《たいねつ》の袋《ふくろ》に入れてストローで空気抜《ぬ》いて、低温調理器にドボン。後は待つだけ」

「ほへー……」

並べられたご馳走《ちそう》を前に、祈はただただ感心している様子だった。そんなに驚くことでもない。豪勢《ごうせい》に見えるかもしれないが、作り方は非常に簡単なのだ。レシピのサイトでも見て手順を守って作れば、多分十歳児《さいじ》でも作るのは可能だろう。

しかし、祈は首を傾げている。よく分からない、といった顔。

「何でこんなにご馳走を？　今日って誰《だれ》かの誕生日だっけ？」

「看病のお礼かな。……ありがとう、祈。元気になったぞ」

そう言葉を優《やさ》しくかけると、

「……あ、あれ？」


祈は、何でか涙を流していた。

何故《なぜ》か涙が溢《あふ》れて止まらないらしく、俺は頭を撫《な》でてやりながら止まるのを待つ。

「う、嬉《うれ》しいんだよ⁉　嬉しいのに、なんで、涙が……あれ……？」

「心配させてごめん」

「し、心配……めっちゃ、したぁ……！　でも、元気に、なってくれて、よかったぁ！

看病うまく、いって、よかったぁ！　友達もね、増えたのよ……？　私、わたし……！」

「おう。頑張ったな、祈よ。ありがとう」

「う、うぐ……ずずっ……」

祈。親からは何かにつけて褒められていたけどさ。

努力して、それが認められて、結果が実った時、本当にこうやって嬉しくなるもんなんだぞ。

これから先、ずっとこういう喜びを噛《か》み締《し》めていけるさ、今の祈なら。


――たとえ、俺が傍《そば》にいなくたって。


「さ、飯食っちまおうぜ」

「うん！」

嬉しそうに食卓に着く祈。こちらも炭酸ジュースをグラスに注ぎ、配ってから座《すわ》った。

ピザを食べる祈は、本当に嬉しそうで。いつか見たへにゃっとした笑みを浮かべている。

「ねえねえ、友達増えたのよ！　白鳥《しらとり》さんと、タミちゃん！」

「ほー、あいつらか」

タミのやつ、祈を気にかけてたもんな。

意外なのは白鳥……いや、意外でも何でもないか。あいつソフトボールに青春を捧《ささ》げてっから、祈の運動能力を見て欲《ほ》しがったに違《ちが》いない。

「しかしタミのやつ、看病できたとは」

「あれ、鏡夜の友達だったの？」

「おう。タミは高校に入ってからの知り合いで、白鳥さんはタミの友達だったから顔と名前は知ってる。こないだのソフトボールでも同じチームだったしな。ちなみにタミのやつは甘いものとかお菓子《かし》類が大好きだから、簡単に餌付《えづ》けできるぞ」

あいつはそういう奴《やつ》だ。

手作り菓子を一人で食べる俺にいきなり、それちょーだいと話しかけてくるような奴だからな。

俺はこういう人相をしているから、入学してからの一カ月はそんなに友達が多い方じゃなかった。

でも五月あたり。タミが話しかけてくれて、そこから女子から怖くない認定を受けて……顔を見れば挨拶《あいさつ》するような仲の人間が増えたんだっけか。

「そ、そうなんだ。タミちゃん、甘いもの好きなんだ」

「ああ。そういや、最近お菓子作ってなかったな……久々に何か作るか」

「え、あんたお菓子まで作れるの？」

「まぁ、そりゃ。あ、わり。デザートはプリンなんだ、ケーキじゃない」

「プリン⁉　え、プリンって作れるの⁉　む、難しくないの？」

「全然。今度一緒《いっしょ》に作るか？　割と簡単だから」

「う、うん！」

「じゃ、約束な」

そう約束をして、ローストビーフにフォークを刺《さ》す。

皿を空にした祈が、おずおずと話しかけてくる。

「ね、ねえ、ローストビーフ、余ってるよね？」

「……なるほど、分厚く切ってほしいってか？」

「な、何でわかるのよ⁉」

「分かりやすい。ほら、厚さを言え、カットしてやんよ」

「いいの⁉　じゃ、じゃあね！　三分の一くらいで！」

「おう」

今日は祈が主役だ。これくらいは許されてなんぼだ。

どどんと分厚いローストビーフを、祈は美味しそうに食べていた。

「美味しー！　って、これは……あ、あれじゃないの？　今日が最後だから、とかじゃない⁉」

「違うって」

「じゃあじゃあ、もしかしてこの後、毒ガスの拷問《ごうもん》訓練かなにかがあって食べた分だけ苦しい目に……⁉」

「なんでだよ……」

どういう想像なんだよそれは。どこの漫画なんだよ。

謎《なぞ》の恐怖《きょうふ》に怯える祈の口に、ピザを突っ込《こ》む。

「アホなこと言ってないで。せっかくのご馳走なんだから、味わえよ」

「……うん！」

ピザソースを頬《ほお》に付けたまま、嬉しそうに笑う祈を眺めつつ。

ご馳走の夜は、更《ふ》けていった。

十二話 ■ Sugar＋Spice?

土日を挟《はさ》み、たっぷり休養はできた。体の調子も問題ない。今朝も走り込みをしたのだが、やはり体調は万全《ばんぜん》だ。

通学路が、少し久々に思える。同時に少し足取りが重くなったが、それは授業に対してのモチベーションの低下だろうか。

いやいや、そんな気持ちでどうする。弱気になんな、シャンとしろ。

中間テストまでに後《おく》れを取り戻す勢いで頑張《がんば》らないといけないだろう。気合を入れろ、俺。

学校の前まで来て、祈《いのり》はこちらの顔を覗《のぞ》き込んでくる。顔と胸元《むなもと》が強調されるそのポーズは、なんかドキドキするからやめてほしいんだが。

「元気みたいね！」

「おう。おかげさんでな」

祈は嬉しそうに、先に教室へ駆けていった。俺も追って中に入る。

「お、バカンス野郎《やろう》がご帰還《きかん》だ！」

トシのアホがそんなことを言いながらこっちに駆け寄ってくる。ラリアット気味に首に腕を巻かれて、ヘッドロックされた。無論本気じゃない。軽くだ。俺も分かっているから体勢を低くする。

「ハロー、オカン。四連休羨《うらや》ましいぞこの野郎」

「好きで休んでたんじゃねえよ。授業後れるし、いいことないって。てかオカン言うな」

「いいや、いいことはたくさんある！見たかった漫画やテレビ見たりとか、家でしかできない秘密のトレーニングとか！　お気に入りのエロ本で色々発散するとか！　オレは病気で休んだら絶対そーするね！」

「いや大人しく寝《ね》とけよ」

「だって休みなんだぞ!?　休みっていったらもう！　で？　お前どの本でやったんだ？ん？」

「お前人の話全く聞かねーな」

言うと、トシはニッと快活な笑みを見せた。いつも通りのその笑みが、なんだか落ち着く。

「ジョーダンだって。回復したようで何より、さあオレに宿題見せろ！」

「いや、今まで休んでたやつがどうやって宿題を知るんだよ」

「あああああっ⁉　そうだったぁ⁉」

アホだろコイツ。普通はそうだろう、普通は。

「なんてな。詩織《しおり》のやつにどこが宿題なのか教えてもらったから。さっさと返せよ？」

「はい、スンマセン。マジパねえっす。オレならそれを理由に宿題なんかしなかったっす。ホントスンマセン」

ノートを差し出すとトシは頭を何度も下げながら受け取った。

「やっぱ頼《たよ》れるはオカンかなあ？」

「お前今すぐ返しやがれ」

「へへへーんだ、もう借りちゃったもんねー！」

トシのやつは馬鹿みたいに明るく去って行った。いや馬鹿なんだけどさ。

でもああいう気持ちのいい馬鹿は、見てて好きだ。ある種詩織のアイドル性よりも徹底《てってい》してる風ではある。

俺には真似《まね》できない芸当だ。ちょっと尊敬。

「おはよー！」

詩織が登校してきた。こちらを見るや否《いな》や、駆け寄ってくる。

「あ、鏡夜君《きょうや》！　元気になったんだね！」

「おうよ」

力こぶを見せると、何故か腕《うで》にぶら下がって来た。ここで腕を下げると負けな気がするので、思いっきり持ち上げる。ふわりと詩織が浮いていた。

「あははは̀っ！　凄い力！　鏡夜君完全復活だね！」

床《ゆか》に足を付けて、詩織はそう笑う。ちょっとしたアトラクションみたいになってしまっていたが、まぁ詩織が楽しそうで何よりだ。

俺も微笑《ほほえ》み返して、手を差し出す。

「さ、約束だぞ。ノート貸してくれ」

「ヤダ」

「は⁉　お、おい、何でだ」

「先にチキン南蛮」

「お前、早弁する気か……」

「朝は鏡夜君のお弁当、昼は祈ちゃんにちょっともらう予定だよ」

「遠慮《えんりょ》を知れ、マジで」

「そのために多めに作ってあるんでしょ？」

「……お前には負けるよ」

そうなるかと思って、俺の分は少し多めにしておいてある。

弁当箱を渡《わた》すと、とても嬉しそうに詩織は自席でそれを開ける。

チキン南蛮弁当。レンコンのきんぴらとブロッコリーのゴママヨネーズ和え、トマト、あとはおにぎりとチキン南蛮が入っている。

「おにぎりもいいよね？」

「二個までなら」

「うん、ありがと。自宅で作って持ってきた時のしんなりして、もはやおにぎりと一体化してる味ノリ、割と好きだなあ」

それは分からんでもないけど。ぱりぱり派としんなり派の戦争は終わらない。ポテトにすら、しんなり派とカリカリ派がいるんだ。根深い論争ではあった。

ちなみに俺はノリもポテトもしんなり派。どっちも美味いとは思うけど。

「どれが梅入り？」

「さて、どれでしょう」

「鏡夜君、ノート見れなくていーんだ？」

「ノリが一枚少ないやつ二つ」

「ありがと！」

詩織は梅干しを嫌《きら》う。というか、漬《つ》け物がそんなに好きじゃないみたいだ。だから奪《うば》われると分かっていた今日は入れなかった奴もある。

梅は父親の実家が漬けているものだ。美味いし、本当に漬け方が知りたい。

これ、じゃことわかめと混ぜて練梅にしてご飯に混ぜると永遠に食えるんだよなあ。

それなら詩織も食べるだろうか。

いや、何でこいつに弁当作んないといけないんだよ。

冷静にそう思い返して、いつの間にか差し出されていた各教科のノートを受け取り、視線を落とす。

……大よそ予想通りの範囲《はんい》はいってるな。ここテストに出るぞ、と書かれている。見られるのを想定してか、少し気合が入っていた。他のページはそうでもないんだが。

トシからノートを返してもらい、とりあえず写していく。誰か授業でも再現してくれれば早いんだけど、それは無理だろう。

そういえば、祈はどうしてるんだろうな。

周囲を見ると、祈とタミと白鳥《しらとり》さんとで何かを話していた。

あれ、本当だったんだな。友達になったって。本当によかった、話せるやつが出来て。

別のグループが交じってるけど、ちゃんと応答してる。

本当に、心配なさそうだ。

安心して、俺《おれ》はノートを写す作業に没頭《ぼっとう》する。

そうこうしている間に、ホームルームになってしまった。これ、昼休みまでに終わるか

……？

昼休みになった。

少し減った弁当を食べていると、祈がタミに呼ばれて昼飯のグループに交ざっていた。

白鳥さんと詩織の姿もある。仲がよさそうで何よりだ。タミは人を悪く言うことがないし、

白鳥さんもちょっと強引《ごういん》だが話題を提供してくれる。祈との相性《あいしょう》は悪くないように思える。

「た、タミちゃん。これ！」

「おお、完熟バナナ飴《あめ》？　美味《おい》しそー！　祈ちゃん、くれるの？」

「う、うん」

「わぁ！　ありがとー！　パクッ……ううん、塩昆布《しおこんぶ》おにぎりには合わないねぇ」

「何で弁当食べてる時に食べたんだ、タミ……ほら、アタシのスポドリで流《なが》し込んじゃい

な？」

「うぶぶ……お、美味しくないよぉ……」

「隙《すき》あり！　祈ちゃん、チキン南蛮ごちだよー！」

「あああ⁉　詩織ちゃんひどいよぉ⁉　でも笑顔《えがお》がマジ女神《めがみ》……許すしかない……！」

何やってんだあいつらは。カオスな状態になってるし。

「はぁ……」

でも、ちゃんと輪に加われてるし。

よかったじゃん、祈。もう俺が出張るまでもないよな。

そう思いながら弁当を食べ終える。ノートを写す作業は終わり、今日の分の宿題を片付けにかかる。

同時に、スマホで今日の特売情報をチェックだ。今日も安くあげてやるぜ。

……ふーむ。鶏《とり》むね肉が安くなってるのは熱いな。

鶏肉というのは優秀《ゆうしゅう》なたんぱく源だし、何より、豚肉《ぶたにく》や、牛肉と比べてもとてもヘルシーだ。

女の子的にも男の子的にも、嬉しい食材だろう。

何がいいかな。チキン南蛮はやってしまったし。普通に焼くか？　いや、それとも蒸《む》すか……？　揚《あ》げて油淋鶏《ユーリンチー》でもいいかもしれない。サラダにするのもありよりのありだ。料理は奥が深い。

一つの食材が万変するのだから。

もうちょっと料理ができるようになりたいな。そうしたら、もっと祈に色々食わせてやれるし。

お菓子も勉強しなきゃな。タミのやつが楽しみにしてるだろうし。

詩織のやつはこっちから適当に奪うだろうから、たまにサプライズでも仕込んでおくか。

そんなことを考えていると、祈が隣《となり》の席に戻って来た。とても満足そうな顔をしてる。

「はぁ……！　なんだか私、リア充《じゅう》かもしれない……！」

「よかったじゃん。タミも白鳥さんもいいやつだったろ？」

「うん！　タミちゃん可愛《かわい》い……マスコットにしたい……！　白鳥さんは、ああ、なんだか引っ張って行ってもらいたい……！　外向きなエネルギーを感じるの！　今日は放課後、白鳥さんとソフトボール部で運動させてもらって、その後タミちゃんと駄菓子屋《だがしや》さんに行くんだぁ！」

「お、よかったじゃん！　友達と一緒《いっしょ》に寄り道とか、すごくリア充っぽいぞ！」

「えへ、えへへへ……！」

……本当によかった。

こいつはずっと、友達が欲しくて戦ってたんだ。

いいことじゃないか。

少し寂《さび》しく感じるのは、気のせいだろう。友達の幸せを喜ばないで、何が友達だ。

「んじゃ、これで俺もお役御免かね」

「え……？」

「友達を作れるようになったんだ。……俺がいなくても、大丈夫《だいじょうぶ》だろ？」

それは、まるで俺が自分に向けて言っているような言葉だった。

祈との関係は変わらない。友達だし、雇《やと》い主《ぬし》だし。これからも彼女《かのじょ》に料理を作り続けるだろうし、これまでと何ら変わらない。

変わらない、はずなのに。

少し物悲しいのはなんでだ？ どうして、俺はそんなマイナスな気分でいる。嬉しい事だろうが。

「だから、俺はもう――」

「そんなことない！」

そう叫《さけ》ぶ祈。

無論、大きな声だからクラス中の視線が向けられる。いつもの祈なら、逃《に》げているところだ。

こいつはシャイなんだから。今の状況《じょうきょう》は、死ぬほど恥《は》ずかしいだろうし。

でも、譲《ゆず》れないものがあるのか。祈は、逃げ出さず、恥ずかしそうに顔を赤らめながら──耳まで真っ赤にしながら、こっちを涙目《なみだめ》で見つめていた。

「……そんなこと、ない……。いて、ほしい。これからも、一緒に……！」

「いや、祈。俺は──」

「わ、わたし、迷惑《めいわく》かけてばかりだけど……っ……鏡夜は、嫌《いや》になったのかも、しれないけど……でも、でも……っ」

今にも泣きだしそうなその表情を見れば、もう誰もこいつをクールだとか人形のようだとか、そんな風には思わないだろう。

むき出しの感情。それが衆人環視《しゅうじんかんし》の中、俺だけに向けられているという事実。

それが、胸に刺さる。

だってそれだけ必死に、こいつは……小鳥遊《たかなし》祈は、俺を必要としてくれているのだと。

こんな事態になって、ようやく気づいた。

泣かせるつもりなんかなかった。悲しませるつもりなんかなかった。自分の迂闊《うかつ》な言動に、思わず舌打ちしたくなる。

「……別に友達をやめるわけじゃない。家事だって今まで通りやる。それじゃ不満か？」

俺が確かめるようにそう言えば。

「っでも……だって、わたしは……今のままがいい！　もっと手伝ってもらいたいし……まだ、私、全然変われてない。昔のままなの……だから、今のまま、そのままでいてほしいの。変わる私を、鏡夜に、ちゃんと見ててほしいから。だから……お願い、します……！」

祈は何度も声を詰《つ》まらせながら、それでも自分の気持ちを俺に話してくれた。

不器用だけど、一所懸命《いっしょけんめい》で、誠実さが伝わってくる。その姿に、強く思う。

……なぁ、祈。お前は自分が全然変われてないって言ったけど、それは間違《まちが》ってるぞ。

「どうしたの、祈ちゃん？　大丈夫？」

ほら、こうやって。友達に心配されるような関係を、お前は、自分の努力でつかみ取ったんだから。

俺はひとつ息を整え、祈をまっすぐに見る。そして、凶悪な顔だということは重々承知の上で、笑顔を作った。

「……分かったよ、祈。まだまだ心配だし、これからもよろしくな！」

「う、うん！」

嬉しそうに、溢れた涙を拭《ぬぐ》う祈だったが、周囲の視線に気づいたらしく、やはり真っ赤なままだった。

「あ、あの、ジュース買ってくる！　な、何がいい？」

「緑茶」

「い、いってきます！」

凄いスピードで去って行った。ぶつからないといいんだが。

………………。

身体の力が抜ける。自席に座り込んで、俺は今——心底、安堵《あんど》していた。

まだ、祈の傍にいていいんだな、俺は。

いつか、俺という存在が壁になるかもしれない。枷《かせ》になるかも。それを考えないわけじゃなかった。

けど、祈は必要だって言ったんだ。

それが、温かい感情になって、心に染《し》み渡っていくのを感じる。

寂しさとかは、どこかへ消えて。

祈と過ごす、騒《さわ》がしい日常。祈の友達作ろう計画は、今までも、これからも続く。そもそも、関係を維持《いじ》する方が難しいんだ。そのことを祈はまだ分かってない。

言い訳みたいな、彼女の傍にいなければいけない理由が次々と浮かんでは消えて、俺を納得《なっとく》させていく。

ああ、この馬鹿みたいに賑《にぎ》やかになった日々を。まだ続けられるのか。まだ俺が体感してもいいいんだな。

祈と一緒に、騒がしい日々を過ごせる。

それを、俺は——

「ははっ……！」

心から嬉しいと、感じてるんだな。

五月の風が、吹《ふ》き込んでくる。

新しい春は過ぎ去り、過去になり、俺の中で思い出になっていく。

時は戻《もど》らない。進み続けていく中、人々の関係や感情は鮮《あざ》やかに変わっていく。春が過ぎ、夏が来て、秋を迎《むか》えて冬を生きて、また春が来た時も、俺は祈の隣で笑っていたい。

俺はあいつの友達だから。そうやって日々を重ねて、結局、祈の友達はどこまでも増えていくんだろう。百人の大台でも超えてしまえばいい。彼女がそれで嬉しいのなら、協力するのもやぶさかじゃない。

かけがえのない青春の一ページに、騒がしい日々が刻まれていく。

そしてこれからも、俺は――俺達は、巡《めぐ》り行く季節を友達と体験していける。

そんな日々を迎えられることを、喜ばない理由は、俺にはなかった。


白ご飯の香りは幸せの香りだと、誰が言ったのか。何となく耳に残ってる言葉だけど、人物までは思い出せない。でも良い言葉だと思う。炊飯器《すいはんき》を開けると、立ち上る白い湯気と共に鼻腔《びこう》をくすぐってくるのは、食欲をそそるほんのり甘い匂いだ。しゃもじでそれをさっくりと混ぜてから、それぞれの茶碗《ちゃわん》に適量をよそう。

今日も放課後を過ぎて、夜が来る。祈のマンションのリビングで食事を摂る、いつも通りとなってきた日常。イレギュラーといえば、昼に祈を少し泣かせてしまい、ちょっと騒ぎになったくらいか。飲み物を手に戻ってきた祈が、みんなに怒《おこ》られる俺を真っ赤な顔で慌《あわ》てつつ庇《かば》ってくれたおかげで、うやむやになり、その場は流れたのだが。事情を知らない人間が見たら、俺は滅多《めった》に表情を変えない彼女を泣かせた悪い奴に見えるんだろうなあ、なんて思ってしまった。大事にならなくてよかった。

早々と自分の席でスタンバイしている祈にも白ご飯をよそった茶碗を差し出す。たまに混ぜご飯だったり炒《いた》めたりされるが、基本的に並ぶのは、やはり白ご飯だった。

「おいしそー！　いただきまーす！」

早速《さっそく》箸《はし》を伸ばす彼女に続いて、「いただきます」を手を合わせ言ってから、俺も箸で味《み》噌《そ》汁《しる》の具を摘《つ》まんだ。

本日は塩鮭《しおざけ》がメイン。シーズンが終わりがけの春キャベツと新玉ねぎの味噌汁に、絹ごし豆腐《どうふ》の冷ややっこ。箸休《はしやす》めのキュウリの浅漬《あさづ》けも完備。夜ご飯なのだが朝のような献立《こんだて》になってしまった。だが健康的で、特に祈からも文句は出ていない。

それらを幸せそうに頬張《ほおば》る祈が、微笑ましくて眺《なが》める。それが最近の日課になりつつある。

本当に美味しそうに食べてくれる。祈を知らない人がこの光景をみたら、きっと好感を持つに違いない。

こちらの視線に気づいたのか、祈は食事から視線を俺に向けてくる。

「?　どうしたのよ、鏡夜」

「ああ、いや。何でもない」

「そう？」

そう言うと、何やら祈は首を傾《かし》げる。彼女的に何か思い当たる点があったようだ。

「あれ……気にしてる？　あの後、なんかみんなから怒られたみたいだけど……わ、私が泣いちゃったせい、だよね？」

「ありゃ泣かせちまった俺のせいだよ」

「だ、ダメ！　私のせいだから！　う、嬉しくて泣いちゃうとか、なんか、恥ずかしいし」

「悲しくて泣くよりも数万倍マシだろ。それに、俺と一緒にいるのが嬉しいんなら、こっちも嬉しいしな。ありがとな、祈」

思ったよりもストレートな言葉が飛び出してしまった。自分で言っててなんだか恥ずかしくなる。

でも、言われた側はもっと恥ずかしいのか、俺よりも祈は更《さら》に赤面しているように見えた。

「……こ、言葉にすると、なんか恥ずかしいわね」

「言うな。分かるけど」

二人して浅漬けに箸を伸ばす。

パリポリと、しばらく楽しげな音が無言の食卓に響《ひび》いていく。

その無言は最初こそ苦手だったけど、今はそれが心地《ここち》よく感じている。無言でも気を遣《つか》う相手はいるが、祈とはそうじゃない。正確には、そうでは、なくなっていた。

その関係性の進歩も、何だか感慨深《かんがいぶか》い。最初にあれだけ警戒《けいかい》されたのに。どう転ぶかなんて、やっぱり分からないよな。

そんな心地いい沈黙《ちんもく》を打ち破ったのは、祈からだった。

「……ねえ、鏡夜」

「なんだ?」

「詩織ちゃんに、何て言われた？　怒られてる時」

「いや、詩織はなんか分かってたかのように、仕方なさそうにしてた。頑張れって言われたけど、何だったんだろうな。怒って来たのはタミだったぞ。女の子泣かしちゃダメって」

あいつが怒る姿はとてもレアだったので印象に残っている。とはいえ、迫力《はくりょく》はなかったが。それよりもあいつが怒るという状況の方が遥《はる》かに衝撃的《しょうげきてき》だった感じだ。現に、友達になった祈も驚《おどろ》いているようだし。

「……タミちゃん、怒るんだね」

「ああ、ビックリだよ」

「でも、私のために怒ってくれるなんて……ちょ、ちょっと感動で泣きそう……！」

「涙《なみだ》の大安売りだなこの野郎」

教室でもそうぽんぽん泣かれると、絶対に大体一緒な俺が非難を浴びる流れだろこれ。でも、涙を流すくらい、友達が思いやってくれるのって、嬉しいからな。その気持ちは分からんでもない。

ご飯と一緒にその感情も噛み締めているのか。最後は茶碗の中のご飯をかきこんで、丁《てい》寧《ねい》に米粒《こめつぶ》が残っていない空の茶碗が差し出される。

「おかわり!」

「はいはい、よく食べるな」

「育《そだ》ち盛《ざか》りなの!」

彼女が胸を張る。豊かなそこに目がいってしまう俺は、果たして変態なんだろうか。だとしたら悲しくなる。

そんな些末《さまつ》な気持ちは立ち上がったら霧散《むさん》して。

温かな食卓を囲む異性の友達へ、おかわりをよそいにキッチンへと向かう。

ただ二人。何でもなく、ご飯を一緒に食べるだけ。

そんな時間が、とても温かく感じられる。

それは、友達だからそうなのか。どうしてなのかという疑問は、結局どうでもいいように思う。

こうして、何気ない話をして、美味しいご飯を頬張る。

それ以上の時間なんて、今の俺には見当たらないから。

「ほい」

「ありがと！」

ご飯をよそった茶碗を渡すと、向けられる笑顔。

こういう自然な笑顔ができれば、自然と人は集まるのだろう。今の祈を見れば、友達がたくさんできても何も不思議じゃない。

決めた。これからの目標。

彼女が笑顔でいてくれるようなご飯を、今まで以上に考えよう。この笑顔のために。

祈の素敵《すてき》な笑顔を、皆《みな》に見てもらえるように、友達としてサポートする。それが、今後の目標だ。

「祈、明日は何が食べたい？」

「何でも！」

さりげなく主婦の敵といえるセリフを吐《は》いてくるけど、それは俺にとっては挑戦状《ちょうせんじょう》。また、笑顔にさせるために、どういうおかずがいいのかという、明日までの宿題でもあった。

また無言になって、俺達はご飯をつついていく。
ささやかな時間が、穏《おだ》やかに流れていくのを肌《はだ》で感じていた。
もし神様がいるのだとしたら、俺は祈《いの》らずにはいられない。
できれば、この温かく気兼《きが》ねない二人の食卓《しょくたく》が。

いつまでも続きますように――

あとがき

初めましての方は初めまして、そうでない方はお久しぶりです。鼈甲飴雨《べっこうあめめ》と申します。

いきなり自分語りで恐縮ですが、自分は頑張る女の子が好きなんです。というか、頑張ってる人が好きなんですよね。

努力して、努力して、努力して。積み上げてきたものが認められ、報われる。そうであってほしいし、努力が認められないお話はあまり好みではありません。

努力が報われて、少しだけど友達ができた祈《いのり》。でも、友人というのは関係を長く維持していく方が難しいのです。それはどんなことだってそうだと思います。

というわけで、創作仲間のH口さん、A墨さん。それから毎回ゲームに付き合ってくれる仲間達へ、最大限の感謝を込めてありがとうを言わせてください。

いや、ホント。色々ありました。その中でも変わらず、めんどくさい自分の相手をしてくださる友人達には足を向けて寝られません。

話は変わりますが、趣味の話をしましょう。

とあるFPSをPC&ゲームパッドでぐるぐるとやっているのですが、キーボード&マウス派に蹂躙されることがままありまして。キーボードの操作練習したいなと思い、最近プレイしているのですが、これが中々難しい。

新しい操作を覚え、それが考えなくてもできるようになるということは、かなりの歳月を要することです。新しいことに挑戦したりするのは、それだけで難しいのです。

今回の本もそんな感じでした。一から何かを作っていく難しさを再確認しまして……それでもこうして表に出させて頂いたのは、ひとえに根気強く自分なぞに付き合ってくださった担当編集様のおかげに他なりません。ありがとうございました！

そして木《き》なこ様のイラストが何とも可愛いのです！　祈や詩織《しおり》の美少女っぷりに可愛いな可愛いなとテンションが一人爆増しておりました。ありがとうございます……！

作家というのは孤独な職業と思われがちですが、こういった人々のつながりによって、今回の本になった感じです。自分も人付き合いが苦手でこの手の仕事を目指していたのですが、今になってコミュニケーション能力の大事さを痛感しております。

では、祈と鏡夜《きょうや》の話の続きを見たい方が大勢いらっしゃったら、またお目に掛かります。

今回のラーメンは地元福岡の秀ちゃんラーメンとんぼ店をオススメしておきます（何

HJ文庫 https://firecross.jp/
964

家事万能の俺が孤高(?)の美少女を朝から夜までお世話することになった話
2021年11月1日 初版発行

著者――鼈甲飴雨

発行者―松下大介
発行所―株式会社ホビージャパン
〒151-0053
東京都渋谷区代々木2-15-8
電話 03(5304)7604(編集)
03(5304)9112(営業)

印刷所――大日本印刷株式会社
装丁――内藤信吾(BELL'S GRAPHICS)/株式会社エストール
乱丁・落丁(本のページの順序の間違いや抜け落ち)は購入された店舗名を明記して
当社出版営業課までお送りください。送料は当社負担でお取り替えいたします。
但し、古書店で購入したものについてはお取り替えできません。
禁無断転載・複製
定価はカバーに明記してあります。
©Ameme Bekkou
Printed in Japan
ISBN978-4-7986-2636-9 C0193

ファンレター、作品のご感想お待ちしております
〒151-0053 東京都渋谷区代々木2-15-8
(株)ホビージャパン HJ文庫編集部 気付
鼈甲飴雨 先生/木なこ 先生

アンケートはWeb上にて受け付けております
https://questant.jp/q/hjbunko
● 一部対応していない端末があります。
● サイトへのアクセスにかかる通信費はご負担ください。
● 中学生以下の方は、保護者の了承を得てからご回答ください。
● ご回答頂けた方の中から抽選で毎月10名様に、
HJ文庫オリジナルグッズをお贈りいたします。

HJ文庫毎月1日発売！

ピンク色のリトルマーメイド！ 1

著者／鼈甲飴雨
イラスト／イチリ

俺が美少女小学生たちの競泳コーチに就任!?

水泳をこよなく愛する男子高校生・鷺沢薫。彼は自由にプールが使えるという条件で女子が大半を占める学園に編入するが、同時に女子小学生4人の競泳指導も引き受けることに！　一癖も二癖もある美少女たちに振り回される——かと思いきや、振り回すのはむしろ薫の方で……!?

発行：株式会社ホビージャパン